北の御番所 反骨日録【七】

辻斬り顛末

芝村凉也

双葉文庫

目次

辻斬り顚末　北の御番所　反骨日録【七】

第一話　裸の死人

一

　北町奉行所定町廻りの立花庄五郎は、いまだ朝の冷え込みが厳しい中、寒風に身震いしつつ道の上に一人ぽつねんと立って困惑の表情を浮かべていた。

　右を見ても畑、左を見ても畑。とても江戸の町方が見回りを行うとは思えない鄙びた景色である。

　そんなところに市中巡回をしていた己がいるということにも幾ばくかの戸惑いがないわけではないが、大因は別にある。立花は、自分の足下に横たわる代物を見下ろした。

　シロモノ――死人さんに対して少々不遜なもの言いであることは自覚しているが、すでに命を失っているからには、そう見なさざるを得ない。お役目として

「感情に左右されることなく突き放した見方をせねばならぬ」と己に言い聞かせている立花には、それが当然の意識だった。

市中巡回のため己の持ち場である城南地区に到着したばかりの立花は、駆けつけてきた御用聞きの子分から「夜間に行き倒れたらしい死人が出た」との急報を受け、本来の順路をすっ飛ばしてこんな持ち場の「端の端」までやってきているのだ。

ちなみに本日の巡回のほうは、供の小者を最寄りの番屋へやってそこの定番（雇われ人）に臨時廻りの応援を呼ばせている。

それはともかく、目の前に横たわる死人さんこそ、今立花に困惑を与えている一番の理由なのである。

まあ致仕（退職）した前任者の後を受け、今のお役に就いてまだ間もないとはいえ、これまでそれなりに町奉行所で様々なお役をこなしてきたからには、単に死人さんを目の当たりにしたというだけで動揺するようなことはないのだが、こたびは遺体の有りようが常軌を逸していた。

まず、死んでからすでにしばらく経っているであろう死人さんは人の肌とも思えぬほどに血色のない白さを全身で示しているのだが、それは町方役人の経験や知識で知っているからということではなく、誰であれその死人さんをひと目見れば気づくことだった。

なにしろこの死人さんは、褌一丁の裸の状態で道の真ん中に倒れ臥しているのだから。

後で近くにいる供の小者や御用聞きの子分どもにも手伝わせてじっくり検分せねばならないが、ざっと見たところでは外傷や首を絞められたような痕跡は見られず、今のところは知らせで聞いたとおり行き倒れのように思われる。

しかし、「夏の盛りで夜になっても蒸し暑く、一面の畑地で誰もいないのをいいことについ裸になって出歩いたところで急の病を発した」というならともかく、暦の上では春になったとはいえまだ年が明けてさほど日は経っておらず、一年で最も寒い時期からようやく抜け出したばかりなのだ。

夜中どころか午で陽が一番高いときですら、厚手の着物を重ね着していて当然の季候であった。実際、どこぞへ聞き込みに行って戻ってきたらしい御用聞きの子分どもも、鼻の頭を真っ赤にして白い息を吐き散らしている。

——そんな中でのこの姿。

たとえ行き倒れにせよ、まずありきたりな経緯でこうなったとはどうにも思えなかった。

「どこぞの賭場で熱くなって負けが込み、身ぐるみ剝がれて追い出されでもしましたかねえ」

立花のそばに寄ってきた男が、足下に横たわる死人さんを見下ろしながらノンビリ言い掛けてきた。

御嶽の甲子造と呼ばれる、それなりに年季の入った御用聞きだ。

今、立花たちがいる辺りは下渋谷村と中渋谷村の境近くになるはずだが、ここよりわずかに北方、中渋谷村の中央を貫く大山道の両側は、村の一部ながら宮益町と呼ばれる集落になっていた。

甲子造に冠せられる「御嶽」は、町の北の端にある御嶽神社が名の由来であろう。実際に甲子造の縄張りの中心は、宮益町に置かれている。

立花は、横に立った甲子造をチラリと見やってから声を返した。

「どこぞの賭場って、この辺りにお前さんの息が掛かってねえ賭場があるんかい」

御用聞きはお上の手先とはいえ、真っ当な生き方をしている者がさほど多くいるわけではない。廻り方（定町廻り、臨時廻り、隠密廻りの総称）の御用を承っても、旦那からは年にせいぜい小判一枚与えられるかどうかでしかない。これだけでは、子分の下っ引きを従えるどころか、自身の暮らしも成り立たない。女房に商売をやらせて食い扶持の足しにする者もいるが、それでやっていける者はごく少数に留まった。

御用聞きや岡っ引き、目明かしなどと呼ばれる者の多くは、縄張り内の商家などからの「合力」を当然のこととして暮らしを立てていたのである。この合力が縄張り内の商家らによる自主的なものか、あるいはやむなく支出されたものかは、それぞれの御用聞きや土地の事情によって違っていた。

御嶽の甲子造は――というよりその縄張りである一帯は、宮益町といういちおう町家の扱いになっている中心地があるとはいえ、東海道の脇往還そばにあった御嶽神社への参拝客を当て込んでできた集落が、八代将軍吉宗のころから信仰が高まった相模国石尊権現社（阿夫利神社）への参道（大山道）でもあったことから大きくなったところで、東海道の名のある宿場町の賑わいには及んでいない。ましてや神田や日本橋などの江戸の古町（徳川将軍家の初代・家康が湿地に点在する小さな集落群だった江戸の地を開発してできた、最初期からの町家）とは、とうてい比ぶべくもないほどの小集落である。

つまりは、自主的か無理強いされてかはともかく、受け取り得る合力に頼っているばかりではお上の手先としての十分な働きができないような土地柄だった。

甲子造は不足分を補う手立てとして、御嶽神社の御祭礼における出見世や屋台見世の場を取り仕切る香具師の元締の真似事をしたり、あるいは神社の境内で秘かに開かれる博打の目こぼし料を受け取ったりしていたのだ。

前者はともかく、後者は明らかに御法度に反している。立花——だけではなく過去から現在に至るまでほぼ全ての廻り方は、よほどあくどいことをやらかさぬ限り、御用聞きどものこうした行為に目を瞑ってきた。

自分たちでこうした連中を養うだけの金を出すことができず、かといっていっさい使わなければ江戸の治安を守るのにとうてい人手が足りなかったための、ある種苦渋の選択である。

とはいえ、それが探索の妨げになったのでは本末転倒だ。

立花の「この辺りにお前さんの息が掛かってねえ賭場があるんかい」という言葉は、俺を甘く見るんじゃねえぞという甲子造への恫喝だった。実際、このような土地で開かれる賭場などそう数があるはずもなく、目端が利かなければたちまちお飯の食い上げになる甲子造のような男に見逃されているはずはないのだ。

「はぁて、町家や百姓家ならともかく、も少しお江戸に近いほうへ戻りゃあ、いくつもお大名の下屋敷がありやすから。そっちの中でやってることにゃあ、あっしら風情じゃ手も足も出ませんで」

しれっと返された言葉に立花はグッと詰まる。確かに、町方の手先は武家屋敷には手を出せない。

「お前、内藤さんにもそんな言いようで済ますつもりかい」

内藤は南町奉行所の定町廻りである。

南北の町奉行所は、江戸の町の中で受け持ち地域を分担するようなことなく、かつ月番（両奉行所が一カ月交替で受け持つ新規案件の担当月）かどうかにかかわらず、一年中毎日、廻り方に市中巡回させている（定町廻りの非番の日や事件などへの対処で手が離せないようなときには、臨時廻りが代行する）。

両奉行所に六人ずついる定町廻りが、それぞれ受け持つ地域の区分けについて南と北でさほどの違いがあるわけではないから、ほとんど重複している土地を担当する相手方の奉行所の定町廻りや臨時廻りとは、単に顔見知りというだけでなく、「必要な情報を共有する」意識での付き合いもあった。

そして幸いなことに、今月の月番は南町奉行所である。もし足下に横たわる遺体が何かの騒動絡みで生じたものなら、その探索は南町奉行所の内藤に任せることになるのだ（小さな揉め事程度ならその場に立ち会った立花が処理し、その際に必要と思えば内藤には立花から口頭で伝達だけして終わる）。

こたびの一件は人死にだから見た目どおりの単なる行き倒れであったとしても、もう内藤には連絡がいっているだろうし、ことによると自分がこの場にいるうちに当人が出張ってくるかもしれない。どうであれ甲子造は、後々内藤が立ち寄ったときに報告を求められるはずだ。

そこでいい加減な言い草を返そうものなら、あの厳格そうな内藤からどれだけ厳しい叱責を浴びせられるやら――立花が指摘したのは、そういう点だった。

甲子造は、ようやく立花の不機嫌さに気づいたようだ。あるいは、命ぜられたばかりの新たなお役に張り切りすぎて発奮の度が過ぎていると思われているかもしれないが。

「旦那、勘弁しておくんなさい。あっしだって、この死人さんたぁさっきが初対面なんでやすから。そうそうナンもカンもみんなご存じってワケにゃあいきませんや」

「なら、手下どもに足ぃ使わして話を拾い集めてきな」

尻を叩かれた甲子造は、これ以上旦那のご機嫌を損ねないよう、不満顔を見せることなく「へぇい」とひと言残していったんその場を去った。

自身の供をする小者もまだ戻ってきてはおらず、独りきりになった立花は溜息をつきながらもう一度周囲を見回す。

遠くに点々と武家屋敷や寺が見えるほかは畑ばかりで、どう考えても江戸の町方が見回るような土地ではない。

――こんなとこまで定町廻りの持ち場かい。

溜息とともに心の内で愚痴が零れた。

当時、町奉行所の管轄となる区域はどこまでかという境目は明確ではなく、江戸の御府外を受け持つ代官所との境界付近について行政上の不都合がしばしば生じていた。とはいっても「自分たちの担当だ」と縄張り争いをしていたわけではなく、面倒な扱いを互いに押しつけあっていたような状況なのだ。

実際に改善がなされるのは、この物語より二十年近く後に行われた、いわゆる「朱引地」の確定まで待たねばならないのだが、今立花が立っている下渋谷村の地は、江戸の御府内とその外側の境界線として設定された朱引の線の、ギリギリ内側に区分けされることになる(町奉行所の管轄となる地域は朱引地よりほんの少し内側に引かれた「墨引」の範囲内とされた)。

いずれにせよ、自分らの担当になるのかどうか、この当時には甚だ曖昧な場所だった。

定町廻りは原則として己が受け持つ地域を毎日巡回するが、江戸の中心部からはずれた端のほうまで連日足を向けるとなるとかなりの手間になる。しかもこうした土地は、町の数も人の数も中心部よりずっと少ないことから、廻り方が介入しなければならないような騒ぎが起きることもそう多くはなかった。

つまりは江戸城近くの繁華な土地の見回りを端折って連日際のほうまで通い詰めるよりも、中心地のほうにじっくり目を配るほうがお勤めの効果はずっと高かったのだ。

こうしたことから、暗黙の了解の上でか、実際に話し合ってのことかはともかく、御府内と御府外の境目のほうは「少なくとも両奉行所の廻り方のいずれも顔を見せない日が二日続くことはない」という程度まで、巡回の頻度が下げられることもあった。

この宮益町や下渋谷村の辺りは、そういう土地に当たっていたのである。

——こんなとこで、こんな死骸（オロク）に出くわすなんてな。

立花は、足下の死体を見下ろしながらまた一つ溜息をつく。

死体は二十歳（はたち）を過ぎたほどに見える男、頭を見れば昨日剃（そ）ったばかりというほどではないが月代（さかやき）もいちおうきちんとしている。唯一身に着けている下帯（したおび）も、新しい物ではなくともちゃんと洗濯はされているようだ。

つまりは二本差（にほんざし）、しかもおそらくは浪人ではなく、ある程度の禄（ろく）を得ている御家人か、江戸詰（えどづめ）の大名家家来ということになろう。

顔立ちが垢抜（あかぬ）けて見えることから、藩士であっても勤番（きんばん）（藩主の参勤交代（さんきんこうたい）に随伴（ずいはん）して出府し帰国する、長期出張中の江戸滞在者）ではなく江戸詰（異動が発令されない限りずっと江戸の藩邸で勤務し続ける藩士。親の代からの江戸詰で、江戸で生まれ育った者も数多く存在した）だろうと考えたのだ。

——なんでこんなとこでこんな格好で死んでる？

それこそ、立花が困惑しながら独り佇（たたず）んでいる一番の理由だった。

褌一丁の裸で往来におん出された者がいるとなれば、まず頭に浮かぶのは甲子造が言ったように、博打に大負けして身ぐるみ剥がされたということだ。

しかし、御祭礼なら酒の勢いも借りてその場限りの博打が打たれたということもあり得ようが、この近辺でそれらしい祭事が行われているとは聞いていない。

それでも町人が主催している博打だとするならば、やくざ者やそれに類する連中が日を決めて開いている賭場ということになろうが、もしそうなら甲子造の耳に入らぬことはまずあり得ないのである。

よく開かれる賭場のことが外に漏れずにいることなど、こんな田舎ではほとんど考えられないし、仮にもお上の御用を承っている甲子造が、人死にが出ているにもかかわらず町方の役人を誤魔化すとも思えなかった。

では甲子造の言うように大名家の下屋敷で開かれた賭場での出来事かというと、それもどうかと首を傾げざるを得ないのだ。

いくら大名家の藩邸とはいえ江戸も御府外との境近くとなれば、そこに建つのは禄高も少なく幕府の要職とも縁遠い弱小大名の物ばかりだ。今のご時世ではいずれも貧に窮しており、江戸城から遠い分だけ見られて困るような人々の目には入らぬ場所だから、屋敷もそこに住まう人も、建物の手入れや身の始末は最低限で済ませている。

そんな打ち捨てられたようなところなら博打が行われていても何ら不思議なことはないが、遊んでいるのはそこの藩士や中間、あるいは近所の藩邸のご同業ぐらいになる。

立花の足下の死体は、確かに武士でもさほど裕福な者には見えないが、それでも弱小大名の下屋敷で蟠っている貧乏藩士よりはマシな身分であるように思える。

この死人さんがもしも下屋敷に詰める藩士であるとするならば、屋敷の取り纏めを任じられている用人か、それに近い立場の者ということになる。しかし、そんな者が秘かに行われる博打に混ざったとしても、大負けして身ぐるみ剝がされるような目に遭うとはとても思えない。

するとこの死人さんは余所から博打を打ちにこんな辺鄙な下屋敷までわざわざ足を運んできたことになろうが、普通に考えればそんな手間を掛ける必要など全くありはしないのだ。

死人さんがどこに住まいしていようとも、もっとお城に近いほうへ足を向ければ、より快適で気軽に遊べる賭場などいくらでもあるのだから。

——じゃあ、なんでこんなとこへやってきた。そもそも、博打で負けて身ぐるみ剝がされたってとこから違ってるのか？

そうも考えてみるが、「ではなぜ？」となると、もっともらしい答えは見つからない。

――南の内藤さんへ引き渡す前にそれなりの形はつけときてえと思ったけど、こいつぁ大分難題のようだ。

甲子造はどこかへ行ったようだが、その子分どもの目があるからアタフタしているようなところは見せられない。が、立花は内心で頭を抱えてしまっていた。

ここでいいところを見せれば「新任ながら頼りになる奴」と先達の廻り方にも南町の面々にも一目置かれるはずだったのだが、どうやらそう上手くはいかなそうだ。

すると、姿が見えなかった甲子造が、「旦那」と呼び掛けながら近づいてきた。見やれば、若者とその父親かと思われる二人連れの二本差を伴っている。

二人ともに厳しい顔つきをしていたが、どこかで見たような顔にも思えて記憶を探っても思い出せぬうちに、やってきた者らの足が止まった。

「こちらのお二方は、そこの死人さんに心当たりがあるそうで」

甲子造の発言に、父親らしきほうが言葉を足す。

「確かとは申せぬが、そうかもしれぬという話だ。ご遺体を検めさせてもらいたい」

見憶えのある気がしたのは死人さんに似ている面つきだったからかと、ようやっと思い当たりながら立花は問いを発する。

「そこもとらは？」

二人の二本差は、真っ直ぐ立花を見返してそれぞれに名乗りを上げた。

二

それから半月ほど後の夕刻。北町奉行所同心の裄沢広二郎と来合轟次郎の二人は、行きつけの蕎麦屋兼一杯飲み屋の二階小座敷にいた。用部屋手附同心に定町廻りとそれぞれのお役は違っているが、付き合いは町奉行所に出仕するよりずっと古くから続く幼馴染みである。

「で、珍しく誘ってきたのは何か用があったからか」

手酌で自身のぐい呑みを満たした裄沢が来合に問うた。今さら遠慮する間柄でもなし、小女が酒肴を並べて去った後はそれぞれ勝手に飲っている。

「判るか」

ひと言だけ応じてきた来合の憂い顔を、裄沢はチラリと見て手許の酒を口に含んだ。

「わざわざ口に出さなくても、そのシケた面をひと目見ただけで丸判りだよ。その上、美也さんには断ってあるから今日はじっくり付き合えなんぞと言われりゃあ、疑いようはないからな」

その返事に、来合は不可解そうな顔になる。

「気をつけて顔ぉ作ってねえと表情に出やすいってのは前々から室町さんにも注意されてるこったけど、美也のことがナンか関わりあるのか？」

室町とは、来合と組むことの多い老練な臨時廻り同心の室町左源太のことだ。

祝言を挙げて以来、よほどのときでないと酒席に誘われるのを歓迎しない素振りを見せ続けていることに全く気づいていない様子なのが、この男らしくて笑えてくる。が、そんなことを指摘して揶揄っている場合でもなさそうだ。

「で、何があったんだ？」

裄沢がそう訊き返すと、来合は躊躇いを見せながら「ちょっと長え話んなる」と断りを入れてきた。

頷いた裄沢に、来合はどこか重い話しぶりで口火を切った。

「取っ掛かりは、立花さんが持ち場のはずれのほうで行き倒れらしい死人さんに出くわしたことだった」

「立花さんて、今度新たに定町廻りになったお人のことかい」

なぜ持ち場違いの同役の話から始まるのかという言外の問いに、来合は黙って聞けとの意思を籠めて「ああ」とのみ応ずる。

ならばと、裄沢は視線で先を促した。

それから来合が語ったのは、下渋谷村で見つかったあの裸の死人のことだった。

「――で、その死人さんの身内だってえ二本差が二人やってきたとこに、南町であの辺りを受け持つ内藤さんが駆けつけてきたから、立花さんは後のことを内藤さんに任せて市中巡回に戻ったってことだった」

「……月番の南町に任せたんなら、そこで今の話は終わりじゃないのか」

「ああよ、本来はそうなるはずだったんだけどな」

来合はなぜか遠い目になる。気を取り直して、先を続けた。

「ともかく、まずは死人さんの身元だ。本所北割下水に組屋敷を賜る小普請組、禄高百俵の村田健志郎殿だ。身元を確かめに来たのも同じく北割下水の小普請組で、村田殿の叔父御とその倅で従兄弟にあたる人物だそうな」

徳川家康は天下を手中に収めるために多くの大名を傘下に置くと同時に、自分の家来とすべき多数の兵士を直接召し抱えてお家の所帯を大きくした。ところが、天下統一を成し遂げ戦のない太平の世の中になってみると、かつては居れば居るだけ頼もしかった兵士たちが、たちまち余剰人員となってしまったのだ。

平時にも一定の軍備と治政のための役人は必要だが、それに必要な席は抱えている兵士全てに与えられるほど多くはない。余った者らをもう要らないからといって無闇に放り出すわけにもいかず、城の維持整備などに携わる土木作業員(小普請)との名目で、実質無役の存在として飼い殺しにせざるを得なかった。

そうした者の末裔——もちろん、不幸にも限りある役職から押し出され、あるいは譴責されるなどして途中から無役の立場となった者も多数存在する——が、今の小普請組だ。

小普請組に籍を置く者が一番多く住まうのが、江戸城から見れば大川を越えた向こうにある、本所の北割下水や南割下水と呼ばれる土地なのだ。

「本所の割下水か……その死人さんの身元は確かなんだろうな」

裄沢が問いを発したのも当然のことだろう。

本所にある南北の割下水は、江戸城から見て「大川向こう」の東北東の方角、死人の見つかった下渋谷村は南西——お城を挟んだほぼ真反対方向に位置する、江戸の端と端と言っていいほど離れた場所なのだ。しかも、自分から裸になったのか誰かにヒン剝かれたのかはともかく、死体の状況から見て、あの男は真夜中と言える刻限にはまだ生きていたものと思われる。

幕臣に限らず主持ちの武家は、いざ闘いとなったときの戦力と考えられているため、無断の外泊は禁じられていた。無役である小普請の中には決まりごとなど屁とも思わぬ無頼も多いものの、百俵もの禄を賜っているほどなれば身代を惜しむ気持ちはあろうから、身持ちはそれなりに堅かろう。羽目をはずしたにしても、何かあったときに対処のしようのない下渋谷村は遠すぎた。

するとなぜお家大事なはずの御家人が、陽が暮れるまでに絶対に帰り着けぬほど遠くまで届けも出さぬまま足を運んだのか、という疑問が生じるのだ。

来合はあっさりと答えてくる。

「叔父と従兄弟って二人も、死人さん本人の身元も、きちんと確かめてるはずだ——南町の内藤さんなら、そんなとこに抜かりがあるたぁ思えねえからな」

持ち場違いとはいえ、内藤は来合の耳にも噂が届くだけの腕がある者のようだ。

裄沢と同じ疑問を覚えているのかどうか、無表情な来合に目をやって問うた。

「で、だからどうした」

「だからどうしたって……」

裄沢の合いの手に来合は困惑の表情を浮かべる。

「現場へ最初に到達することになった立花さんは、月番の南町へ死人さんの一件を預けた。相手が幕臣となりゃあ、南町の内藤さんだってお目付につないで町方としての仕事は終わりだ——どこに、お前さんがしゃしゃり出てこなきゃならない理由があるんだ？」

当然の問いなのに、来合は「そいつがな」と口ごもった。

しょうことなしに、裄沢が続ける。

「で、南町の内藤さんはお目付のほうへ任せたんだろう？」

「たぶん、お目付にゃあ話は行ってねえだろうな」

疑問を顔に浮かべた裄沢を、来合が見返してきた。

「いいか。幕臣が、おそらくは上役への断りもなしで夜に家を空けて、そのまま死んじまったんだ。こんな話がお目付のほうへ行っちまやぁ、ただじゃ済まねえ。悪くすりゃ、お取り潰しまであり得るんだぜ」

「……死んだ男の家族だか、死人さんを下渋谷村から引き取ってった叔父貴（おじき）だかが、何ごともなかったことにして、病死で届け出たか」

「ああ、おそらくな。跡目相続が認められてねえならまだだろうけど、いずれはそうなるはずだ」

急病により当主の先が長くないとの言い分が認められれば、通常の届け出よりときを掛けることなく家督相続（かとくそうぞく）は受理される。死んだのはまだ若い男だということだから、もし跡継ぎがまだいなかったのなら、そのままだとやはり家は潰れる。死人を「病で寝込んでいる」ことにして、弟がいれば跡継ぎとして届け出、いなければ養子とするべき者を急いで探したことだろう。

「それでも、お前さんの出る幕はないだろう——というか、立花さんが、ってことならまだしも、わずかでもお前さんに関わりが生じるような話の流れには聞こえないんだが」

「そのはずだったんだがな」

来合がぼやくように口にして、先を続けた。

「妙な死人に行き合ったって、仕事終わりの集まりで立花さんが口にするのを耳にしながらも、そんなことがあったんだと他人事（ひとごと）みてえに聞いてただけだった。

ところがよ、その何日か後においらが市中見回りで本所の辺りを歩いていたと思いねえ。するってえと、中ノ郷横川町の番屋を出たとこで若え女がおいらの前に立ち塞がりやがった」

中ノ郷横川町は北割下水の東の端で、大横川へ貼り付くように延々と続いている町だ。来合が怪我で休んでいる間に、その代役で定町廻りを勤めたから裄沢もよく知っているが、ここの番屋は北割下水の水が大横川に流れ込む角地の、すぐそばに建てられている。

「廻り方に通せんぼをしたって？　何者だい」

「歳のころはたぶん十六、七ぐれえか。きかん気な見た目どおり、お供の者がオタオタしてんのも構わず、おいらのすぐ目の前で足ぃ止めて平気な面ぁしてやがった」

「お供づき――大きめな商家の娘か、それとも武家の女かい」

「後のほうだ。『なんだお前は』って問うたら、臆するでもなく村田健志郎の許嫁だって答えてきた」

「村田――さっきから話題の、裸で死んでた御家人かい」

これで、ようやく来合とこの一件とのつながりが明らかになってきた。しかし、話がここまで来るのにずいぶんと掛かったものだ。

　そんな裄沢の感慨など知らぬげに、来合は続ける。

「村田 某とか言われても、おいらが直接関わったこっちゃねえから、最初は何のことだかさっぱりだったんで、『武家の娘が用があんならお目付んとこ行くか、そうじゃなきゃ直接町奉行所を訪ねろ』って言ってやったんだけどよ」

「退き下がらなかったのか」

「その場は黙って通してくれたけど、一回じゃ収まらなくてな」

「何度も目の前に現れたと」

「あんまりしつこいのと、こっちも気になったからいろいろと考え巡らして村田某って野郎のことをどうにか思い出してな」

「で、気のいい定町廻りの旦那は話を聞いてやることにしたと」

　裄沢の言いように嫌な顔をしながらも、こんなところまで引っ張ってきて相談に乗ってもらっているのだから言い返しはしない。

「そんなんじゃねえが、どうにもしつこいんで仕方なしにな」

「それで、死人さんの許嫁とやらは何を言ってきたんだ？」

「自分の許嫁がなんで死んだのか、教えてほしいそうだ」

「そんなのは、お目付のほうへ持ってけって話だろう」

「許嫁が家で病死したってことになってりゃあ、お目付にゃあ頼めねえ」

「もし町方がやるにしたって、月番の南町の仕事だ」

「そう言ってやったんだけどな。小普請の娘にゃあ南町も北町も関係ねえようで、『そうおっしゃるけど、あなた様はこうやって当月もお見回りをなさっていらっしゃるじゃありませんか』ってな。全く聞く耳を持っちゃくれねえ」

「で、手助けしてやる気になったって？——やっぱり人のいい廻り方の旦那じゃないか」

来合は得心（とくしん）のいかない顔でムッと押し黙る。

裄沢は追撃を掛けた。

「そんで、俺まで巻き込もうってかい」

来合は正直に心情を告げてきた。

「おいらの持ち場で起こったことじゃねえ上に、相手は御家人だ。正直おいらじゃ手も足も出ねえ」

「お前さんに縋（すが）ってきた娘は、許嫁がわざわざ下渋谷村なんぞまで足を伸ばしたことについては何て言ってる」

「なぜあんなとこで死んでたのか、さっぱり判らねえとよ」

「許嫁の葬儀だか、表向きだと見舞いだかには行ったんだろう。そこで何か聞いたとは言ってなかったか」

「武家の家の中のことだ。すでに嫁いで一緒に暮らしてるってんならともかく、まだ祝言も挙げちゃいねえとなりゃあ、内々の話までは聞かしちゃくれめえよ」

当人の世情への疎さもあったのだろうが、実際十年ほど前の来合は、すでに縁組が調っていたはずの美也が大奥へ望まれたことを察知できぬまま、いったん破談になるという憂き目を見ている。裄沢とて人のことは言えず、己の妻が実家から邪魔者扱いされて嫁いできたことに、妻が死んだ後まで気づくことはなかった。

かくも、他人の家の中に囲い込まれている秘事を知るなどということは難しいのだ。来合を頼ってきた娘に、そこまで期待するのは確かに無理がある。

裄沢は問う先を変えることにした。

「室町さんは何て言ってるんだ？」

臨時廻りの中でも経験豊富な室町ならば、何かいい手立てを思いついたのではなかろうかと考えたのである。来合と組むことが多く、廻り方の中で一番親しい付き合いのある室町ならば、こんな仕事からはずれたような相談事にも、溜息をつきながらも嫌がらずに応じてくれているだろう。

しかし、来合の反応は鈍かった。

「室町さんにゃあ、言っちゃいねえ」

「お前……」

その言い草に呆れてしまったが、さすがの来合も、御用の筋とは関わりのない調べで室町を頼るわけにはいかない、という程度の良識は持っていたらしい。だったら裄沢ならいいのかという話になるが、珍しいことに来合がこれだけ煮え切らない態度を取っているからには突き放してもよいとは思うものの、気にせぬわけにはいかないことも残っていた。

裄沢は、改めて来合に呼び掛けるところから始める。

「お前、美也さんはこのことを知ってるのか」

来合は、思ってもいなかった指摘をされて頓狂な顔になった。

「なんだ、突然。美也はこの一件たぁ関わりねえだろ」

裄沢は溜息をつく。

「偶々こうやって誘われた俺が、すぐにお前さんの異変に気づいたんだ。寝食をともにしてる美也さんに、悟られていないはずがあるまい」

「悟られてるって、俺は何も悪いことなんぞしちゃあいねえぞ」

「なら、なんで黙ってる」

「さっきも言ったけど、こいつぁ美也とは全く関わりがねえ話じゃねえか」

「お前、御番所の仕事として調べようって話じゃないことは自覚してるんだよな」

「……ああ、そのぐらいの分別はつけてるつもりだ。だから、室町さんにも話しちゃいねえんだし」

「なら、夫婦の間の世間話の中で、口にしててもおかしくはないんじゃないのか」

「……そう言われりゃ、そうかもしれねえけど——でも、言ってなかったって別におかしかねえだろ」

裄沢は来合をジロリと睨む。

「偶々こたびは口にしてなかっただけ、ってワケじゃあねえだろ。何とはなしに言いづらくて、話題に上せなかったんじゃねえのか？」

「……」

まあこの男のことだから、悪気などわずかもなかったことは確かだろう。しかし、意識してやったことではないから「全くもって無構(無罪放免)」というわけにはいかない。

「仕事でもないのに手を出そうとしてるのが、若い娘に頼まれたことだから、後ろめたい気持ちがあるんだろう」

「オイ、おいらぁそんな浮気心なんぞ欠片もねえぞ!」

あからさまな指摘を受けて、来合は怒気を発した。

裄沢は、平静な口調で返す。

「けど、下手に口を滑らして妙な勘ぐりされると困るから、家じゃあ話題にしなかったんじゃないのか」

的を射た指摘に、今度は反論の言葉が出なくなったようだ。

裄沢は淡々と続ける。

「さっきも言ったけど、美也さんはお前が何か隠してることにまず間違いなく気づいてるぞ——単純で何でもすぐ顔に出るお前が、あの聡いお女にわずかも気取られることなくしっかり隠しごとができると、お前本気で思ってるのか?」

「……」

「美也さんはどこまでもお前を立てようとしてなさるから、今は黙って見てるだけだろうけど、このままにしてた後で、お前が裏でコソコソ何やってたかバレてみろ。それこそ、どんな疑いを持たれても仕方がなくなるんじゃないのか。なにしろ、お前が御番所の仕事でもないのに懸命に働いてるワケが、妙齢の女子のためだってんだからな」

「だから、変な下心なんぞはこれっぽっちもねえって、言ってるだろ」

言い返してはきたものの、口ぶりはさっきよりずっと勢いを失っている。

裄沢は、意味ありげな目で来合を正面から見据えた。

「それを、みんなバレてから美也さんに言うのかい？　それまで隠し立てしてたって後ろめたさを覚えながらの言い訳になるんだろうが、それを『浮気心がバレそうになっての態度だ』と万が一にも誤解されることはないって、お前さんは言い切れるのかね？」

「……………」

「あの人のことだからお前を責めるようなことはしねえだろうけど、心の内にはずいぶんと悲しい思いを抱えるこったろうなあ――浮気を疑われなかったらそれで万事上手く収まるって話じゃねえぜ。そんな些細なことを隠されてたってだけで、十分淋しい思いの因になる」

「……」

裄沢は来合の目を見て断言する。

「美也さんに、今お前がやろうとしてることを一から十までみんな話せ。お前が隠し立てすることなくすっかり話せば、あの女なら判ってくれるはずだ──俺に何か持ち掛けてくんのは、その後だろうが」

来合なんぞはこの際どうでもよいのだが、どうやら手助けせねばならぬほうへ、自分で自分を追い込んでしまったようだった。

三

裄沢に諭された来合は、妻の美也と、それからついでに廻り方になってから最も世話になっている臨時廻りの室町にも、己がやろうとしていることについて隠すところなく全てを打ち明けた。美也には、今まで黙っていて悪かったと素直に頭を下げた上でのことである。

室町からは、「何ごとも経験だ。今月は月番でもねえし、今は難しい一件を抱えてるわけでもねえから、廻り方としての仕事さえ疎かにしなきゃあ好きに動いていいんじゃねえか」とお墨付きをもらった。

そして妻の美也からは、「自分に罪科があるわけでもないのに、結ばれるはずだったお相手とのご縁が切れる悲しみは、私にとっても他人事ではありません。どうか、そのお方の無念を晴らすために、存分にお働きください」と真剣な顔と言葉で励まされたと言う。

後で聞かされた裄沢にすれば「ケッ、やってられねえや」とみんな投げ出したくなるようなお惚気だが、さすがにもうそんなやさぐれ方をする歳でもなかろうと、苦笑で自分の心の内を誤魔化すよりなかった。

で、肝心のこれからどう動くかだ。

「まずは、村田ってあの死人さんが、本所北割下水から遠く離れた下渋谷村くんだりまで何の用があって行ったのか、というとこからだな」

いつもの蕎麦屋兼業の一杯飲み屋で、来合から美也や室町に関する報告を受けた裄沢は、そう考えを述べた。

「その取っ掛かりの部分から、もう打つ手に困ってんだが」

途方に暮れる顔の来合を、裄沢はチラリと見た。そうでなければ、さすがの来合もこんな話を裄沢のところへ持ってきはしなかっただろう。

「まあ、当たるかどうかは判らないが、まずはありそうな可能性を潰してくことからか」

「何か、思いつくことでもあんのか」

「江戸城から下渋谷村——というか、宮益町へ行く途中の道筋には、延々百人組の組屋敷が続いてる。そこを含めて、青山一帯で村田某の親戚や親しくしてた知人なんぞの住まいがないか、確かめてみるところからかな」

百人組は、将軍直轄の部隊として編成された鉄砲衆の呼称で、江戸城の周囲にある門のうちのいくつかの警備や、将軍が城を出る際の護衛などの任にあたる。百人組には、組頭と与力で同心百人を統率する組が四つ置かれていたが、そのうち二十五騎組と呼ばれる部隊の組屋敷が青山にあった。

なお青山は江戸城の南西部、赤坂御門のある赤坂と、宮益町のある渋谷村の中間にあたる土地である。

「死人さんの家族や親族に話が聞けねえとなると、そいつをどうやって探る？」

「許嫁が納得してないってことは、それ以外の友人知人でも腑に落ちてない者がいるんじゃないのか。その心当たりぐらいは、許嫁の娘に聞けるだろう」

「……そうか。ともかくその辺りから探ってみるか――その前に、お前さんも死人さんの許嫁だった娘に会っておくか」

「まあ、乗りかかった船――というか、もう無理矢理乗せられちまった船だからな。今さら厭うたって仕方ないか」

頭の中に遠ざかる岸辺を想い浮かべながら、裄沢は渋々頷く。

来合は、裄沢の心情など意に介さぬ様子で満足顔をしている。

「ところでお前さん、その娘とはどうやって連絡を取るんだ?」

いくら許嫁がいなくなった女と町方装束の役人とはいえ、妙齢の女性がそうたびたび男と会っているとなれば良からぬ噂の種になりかねない。案じた裄沢が問うた。

「ああ。向こうのほうで用があるときとか、こっちのほうが何か聞きてえことでもあるんじゃねえかって気を利かせてくれたりとかで、何日かに一遍、向こうさんが横川町の番屋で待ってるんだ」

平然と答えてきた来合に呆れ顔を向けた。

呆れたのは、気遣いなくそんなことをさせている来合へが半分、平気で番屋に居座って定町廻りを待っている女へ向けたのがもう半分だ。番屋に控える町役人らの迷惑顔が頭に浮かんだが、言っても詮ないことだろうと口を開くのはやめた。

まず本日のところは、これでお開きとなった。

話を聞く相手がうら若き女性となれば、いつものような蕎麦屋兼業の一杯飲み屋や、あるいは完全に他から仕切られる料理茶屋の座敷に伴うというわけにもいかない。かといって、番屋に呼ぶというのも相手の外聞を考えれば控えるべきだろう——たとえ向こうが勝手に番屋を便利使いしているにしても。

そういうあたり来合は無頓着だから、裄沢が気を回して霊山寺の境内に見世を出す水茶屋で落ち合うことに決めた。

霊山寺は大横川の東岸、北割下水の小普請組組屋敷からだと、大横川を法恩寺橋で渡ってわずかに北へ向かったところにある。本尊として安置された慈覚大師作と伝わる阿弥陀如来像や唐渡り（中国伝来）の釈迦如来像が有名な寺で、そこから二尊教院という別称を持っている。参拝や物見（行楽）の客が多い場所だ。

その日非番で普段着の裄沢は、市中巡回を室町と途中交代してもらった来合と合流してから、目的の場所へと向かった。来合の供についていた小者は、そのまま室町に従っている。

　相手の娘は、すでに先着して裄沢たちを待っていた。

「北割下水に屋敷を賜る高野家の次女で、小夜と申します」

　裄沢らを待っていた女は、立ち上がって会釈しながら名乗りを上げた。脇に佇んでいた気弱そうな供の者が、お嬢様の後ろで頭を下げてくる。

「それがしは、北町奉行所同心の裄沢と申す者です」

　裄沢は、あえて己のお役を告げることなく名だけを述べた。すでに来合から聞いているかもしれないが、そうでなくとも言っても判らないかもしれないし、理解したなら「なぜそのようなお役の者が」と却って不審に思うかもしれない。

　小夜と名乗った女は気にすることなく、「お休みのところをお呼び立てして申し訳ありませぬ」と詫びを述べてきた。

「いや、このたびは突然のことにてさぞや驚かれたことと存ずる。ご心痛のほどいかばかりかと。お悔やみを申し上げます」

　裄沢が示した弔意に、小夜は礼を述べて頭を下げた。

　とりあえず来合を含め三人で座に着く。小夜のお供は少し離れたところで控えた。

参道には参拝客らしき人々が少なからず見えるが、来合が町方の身形(みなり)をしているから近くの席に寄ってくる者はいない。おそらくは話を終えた後、来合は客を散らした分、余分に心付(こころづ)けを払ってこの場を去るつもりであろう。

裄沢は改めて小夜という女を見やる。細面(ほそおもて)でやや吊り上がった眦(まなじり)からも引き締まった口元からも、得心がいかなければ町方役人を相手にしても退き下がらない気の強さが感じられた。

何とはなしに誰かに似ていると思ったが、そういえば、顔の輪郭(りんかく)も造作(ぞうさ)も全く違って見えるものの、目鼻立ちのはっきりしているところは来合の妻の美也をどことなく思わせるものがある。

――それで、断り切れずにひっ捕まったかい。

あるいは、若いころの美也もこの娘と同じように来合を強引に引きずり回したのかも、と思うとおかしくなった。来合の弱点は、案外と強気に振る舞ってくるような女性なのかもしれない。

などという妄想に独り囚(とら)われていると、小夜が不思議そうにこちらを見ていることに気づいた。

咳払(せきばら)いを一つして、真面目(まじめ)くさった口調で告げる。

「小夜どの、そこもとからの願いについてはいちおう来合から聞かされているが、できるだけ正確にものごとを知っておかぬとつまらぬ間違いを犯すことになりかねません。それを避けるには、当人から改めて話を聞く必要があります。ご不幸があったばかりなのに、つらいことを口にせねばならぬ仕儀（しぎ）もあろうと思えますが、よろしいですか」

覚悟を問うた裄沢を、小夜は真っ直ぐに見返した。

「はい。ご迷惑を承知の上で来合様に何度もお願いしたからには、その程度のことは覚悟の上にござります。たじろぐことはございませぬので、どうぞ何でもお尋ねください」

「では、遠慮なく——まず、亡くなった村田どのはそこもとの許嫁であったということですが、どのようなご縁があってのお話だったのかをお聞かせください」

「我が父が所属する組の、お世話役様からのお話だと聞いております」

小普請組に所属する者は無役で従事すべき仕事はないが、代わりに小普請金（こぶしんきん）と呼ばれる金銭を納付し、決まった時期に組頭と面談する義務がある。この小普請金を集めて回り、様々な連絡事項の伝達に携わるのが、組下の中から選ばれる世話役の勤めだった。

「同じ北割下水の組屋敷にお住まいのようですが、以前には関わりはなかったと」

「はい。同じ北割下水の中とはいえ互いの住まいはだいぶ離れておりますし、縁戚でもなければ、私の家族の誰も共通の知己は全くおらなんだようにございますから」

武家に限らず、当時の子女の縁組は当人の意思を問うことなく家長が決めるような事例が数多くあった。その際に検討されるのは、家柄が釣り合うか、あるいはその縁談が自分の家に資するか、ということであって、当人たちの相性などは二の次にされがちだった。

かねてからの知り合いではなかったと聞けば、このことについてそれ以上問うても意味はない。

「村田どのは、お若くていながらすでに家督を継いでおられたそうにございますな」

「お母上様は健志郎様がまだ幼いころに儚くなられ、お父上様も二年ほど前に急の病で亡くなったと」

「ご兄弟は」

「すでに他家へ嫁がれた妹様がお一人だけ」

「では、村田のお家がどうなるかはご存じでしょうか」

いくら死人を病気で寝込んでいることにしても、後を継ぐ者がいなければ、やはり家は潰れるのだ。

「もはや私とはご縁がなくなりましたので教えてもらってはおりませんが、聞くところによれば親戚筋からご養子を取られたとか」

「それをどなたがお決めになったのかご存じですか。ご両親はいずれも亡くなっているとのことですが、お祖父様はご存命なのでしょうか」

「父方も母方もいずれも亡くなっておられるはずです。どこからご養子を入れられるかは、親戚一同でお決めになったのでございましょう」

「その親戚一同の中に、村田どののご遺体が見つかったところへいらした叔父御という方も含まれる、ということで間違いないでしょうか」

「しかとは存じ上げませんが、健志郎様の亡骸をお迎えに行かれたほどですから、まずは間違いないかと」

　裄沢はここで一拍置いてから、また質問を続ける。

「それでは、お答えづらいであろうことに話を移します——小夜どのは、村田どのが亡くなったことに得心せず、ここな来合に真相の究明を求めておられますが、それはなぜにございましょう」

その問いを聞いた小夜は、思わず裄沢に反発した。

「許嫁が亡くなったのはなぜかを問うのが、さほどおかしなことにございましょうか」

「質問の仕方を変えます――村田どののご親戚一同は、村田家存続のため健志郎どのの死を秘されようとしておられますが、健志郎どのが亡くなられたことによって村田家とはこの先関わり合いを持つことがなくなった小夜どのが、さほどにこだわりを持たれる理由を伺えましょうや」

「まだ祝言を挙げていなかったため、おっしゃるように私は健志郎様のお家と縁つながりになることはもうありませんが、仮にも私の夫となるはずだった人のことです。そのお方がなぜ死んだのか、知りたいと思うのはさほどおかしなことでしょうか」

「小夜どの、それがしは貴女を責めているわけではありません。町方として様々な人死にと相対している我ら町方にとっても不可解な一件について、少しでも糸口になることはないかと、手探りしているがためのお尋ねです。

ご当人が何でもないように思っていることでも、もしかしたら我らであれば何らかの気づきがあるかもしれない。お心を落ち着けて、ご存知の限りのことをお伝えいただければと思います」

裄沢の静かな語り口に、小夜は冷静さを取り戻した。

「申し訳ございません。こちらから無理なお願いをしておきながら、つい気を昂ぶらせてご不快な思いをさせてしまいました」

「お気になさらず。このようなことがあったばかりですから、お気持ちが揺らぐのは当然のことです。

では、質問を続けてよろしいでしょうか」

「はい、お願い申します」

「それがしが伺いたかったのは――またお気を悪くしてほしくはないのですが、ご縁のなくなった村田どのの死にさほどこだわる理由が小夜どのにお有りなのか、はたまたどうにも不審で得心がいかぬ心の中のわだかまりのようなものを抱えておられるだけなのか、ということです」

「……どう答えてよいのか難しいお尋ねですが、祝言を目前に控えた健志郎様がなぜあのようなところへ足を向けられたのか、なぜあのような格好で亡くなられなければならなかったのか、それを知りたいと思うのはいけないことなのでしょうか」

「いけないということはありません。それが小夜どののご本心なら、それをしっかりお伝えいただいたことに感謝するばかりです」

相手のお家の存続に支障が生じるかもしれなくとも知りたいことはトコトン突き詰め、それがために差配違いの町方役人にどこまでも己の要望を突きつける——それが、この女性の性分ということなのだろう。

裄沢は、次の質問に移る。

「では、今貴女がおっしゃった、村田どのはなぜ下渋谷村などというところに足を向けたのか、そしてなぜあのような姿で亡くなられたのか、些細なことでもいいですので、もしお心当たりや村田どのの生前にご不審を覚えられたことなどがあれば、お教えください」

その問いに小夜は項垂れる。

「申し訳ありません。許嫁などと威張ったことを言いながら、『これがそうだ』とはっきり指し示せるものは一つもございません」

「謝る必要はありません。縁談が調ったとはいえ昔から付き合いのあるお人でなければ、そうそう深いところまで知っているということはあまりありませんかしら」

　裄沢の慰めに、小夜は再び頭を下げる。

「では、知っていそうな村田どのの知人や友人に、どなたか心当たりはありませんか」

「お知り合いやご友人ですか……」

「小夜どのがかほどに疑問に思っておられるならば、同様の考えをお持ちの方も少なからずいるのではないかと思えまして」

「……健志郎様とは幾度かお会いしておりますが、その際にご友人のお名前などは一度も出たことはなかったように思います――こちらから無理にお願いしているのに、頼りない話しかできずに本当に申し訳ありません」

「それも、仕方のないことかと。

　それでは、下渋谷村までいかなくとも、その手前の青山、あるいは麻布、千駄ヶ谷辺りで村田どののご親戚や親しい友人知人の住まいがないかはいかがでしょうか」

　麻布は青山の東隣、千駄ヶ谷は北隣の地区で、それぞれ御府内と御府外の境目に近い場所となる。より江戸城に近い赤坂や四谷などについては、夜間でもある程度人目があると予想され、そこから当人が裸で歩いてきたとか死体が運ばれたとかだと遠すぎるとの判断から除外したのだった。

しかし、この問いにも芳しい応えは返ってこなかった。

「……父に訊いてみます」

俯いたまま小声でそう答えるのが精一杯だったようだ。

その後もいくつか問い掛けを行ってみたものの、有益な回答を得ることはできなかった。

裄沢は小夜に足労を謝し、その場の集まりを終わらせた。

四

霊山寺境内の水茶屋で小夜と別れた裄沢たちだったが、裄沢は非番、来合も室町と交代して市中巡回に戻るまでまだときがあるとして、しばらく歩きながら話を続けた。

「やっぱり、とんでもねえ娘だな」

先ほどまでの面談を思い出して来合が嘆息する。自分で応対せずに裄沢が話しているところを横から見て、改めて小夜の押しの強さと気の強さを認識させられたということだろう。

「剣術の達人でも、ああいうのには敵わないかい」

裄沢の揶揄いへ、減らず口で返す気力も湧かないようだ。返事をせずに自身の関心事へ話を向けてきた。

「わざわざお前にも会ってもらったが、結局ろくな話は聞けなかったな」

「まあ、許嫁とはいえ婚姻の話が出たときが相手との初対面となりゃあ、仕方がないことさ」

来合が落胆しているのに対し、裄沢は平然としたものだ。

「でもよ、あの娘が手掛かりにならねえとなると、この先どうする」

「あの娘が駄目だったら、他で手掛かりを探すよりないだろうな」

「だけど、どうやるんだ？　村田ってえあの死人さんの親戚連中が、せっかく押し隠した死に様を蒸し返すような俺たちの聞き取りに、素直に応じてくれるたぁとっても思えねえんだが」

「まあ、そうだろうな」

「死人さんのことで憤ってる友人知人を探す当てもねえ」

「そいつもそうだ」

だったらどうするつもりだと、こちらを覗う様子の来合に、裄沢は前を見たまま応えを返した。

「俺たちは町方だから、幕臣に関する調べは領分違いになる」

「ああ、お目付に見っかったりすりゃあ、ただお叱りを受けるだけじゃあ済まねえだろうな」

少なくとも、しばらくの間謹慎させられるぐらいは覚悟しなくてはならない。

裄沢は、軽い口調で来合の危惧に返した。

「だったら、たとえ見っかったとしても、最悪軽いお叱りだけで済む連中に任せりゃいい」

疑問を顔に浮かべた来合は、何ごとかをハッと思いつく。

「？――おい、まさかお目付の連中にやらせようってんじゃねえだろうな」

「まさか。連中を動かしちまったら、村田のお家がなくなりかねない。そんなことはあの娘だって望んじゃいまい。

第一、お目付が直に調べるんなら、誰からも叱られることなんぞなかろうが」

「じゃあ、どうすんだ？」

「要するに俺たちの場合は、調べるとなるとどうしても仕事とつなげて見られちまうから、目くじらを立てられるんだ」

「……そうじゃねえ奴って——」

「お役が、調べと関わりない者を使えばいいだけだろう」

御用聞きやその子分を使ったところで仕事とつなげて見られるのは一緒だし、第一そんな連中に、武家の家の中の事情を上手く探り出せるとも思えない。誰のことを指して言っているのか皆目見当がつかない来合は、無言で裄沢を見やる。

答えはさほど焦らすことなく、すぐに返された。

「どこの話だと思ってる？　死人さんが住んでたとこの周りに屋敷を与えられてる連中は、みんな無役のヒマ人だろう——なら、己の仕事の領分からはみ出して、要らぬことに手を出してるとは言われないよな」

「……………」

「己の住まいの近くで死人が出たんだ。暇を持て余してることもあって、ちょっくら調べる気になったっていう話なら、よほど酷い手の出し方でもしない限りそうそう強くは怒られないいさ」

こちらに向けられた裄沢の笑顔が、まるで悪戯を企んでいる悪餓鬼のように、来合の目には映った。

徳川家が天下を手中にし、大坂の陣や島原の乱といった戦乱が絶えて百年以上——戦がなければ戦火で失われる命もなくなり、現役真っ只中の世代の労働力が雑兵として軍に徴発されることもなくなる。

世の中には労働力が満ち溢れ、様々な物の生産が盛んになる。これに伴い、人々の暮らしにも余裕ができて、食品、衣類、生活用品、美術や趣味、様々な品々が市中に出回るようになった。

当然、世の中の流れに沿って、武士たちも贅沢を憶えていく。

ところが、日々の暮らしに掛かる金は増えていく一方であるにもかかわらず、俸禄として支給される米の量は、途中で出世したご先祖様でもいない限り、初代から当代まで一粒も増えることなく十年一日——どころか百年一日——のまま変化しない。

世の中の発展に伴い、暮らしが豊かになると同時に物価は上がっていく。米を消費する人口は増えたが、労働人口の増加や栽培技術の発展などで米の生産量も上がっているため、他の生活必需品と比べて米の値段は上がりづらい状況にあった。米を生計の根幹に置く武家が貧乏になっていくのは、当然の帰結だったのだ。

中でも小普請組は、お役に就いていない――すなわち仕事にまつわる役得がいっさいない上、支給される俸禄から決まった率で小普請金が徴収されてしまう。お役を与えられない状態のまま燻っている有り様は、自らの工夫と努力で自身の仕事を創り出す能力に欠けるのと同義で、暮らしの足しを得る方策を何も持たない者ばかりが目立っていた。

そんな中でも真面目に内職に励む者もいれば、自棄になってそこいらの破落戸と変わらぬような暮らしを送る連中も生まれる。それぞれで相手にする人種は違ってくるにせよ、いずれも町場の者と浅からぬ付き合いをする者たちということになる。

すなわち数多くいる幕臣たちの中でも、定町廻りとして本所・深川の町家を毎日経巡り歩く来合にすれば、その気になればかなり容易に接近を図れる面々だったのだ。

そのうちのどのような者に来合が渡りをつけたのか、自身のこなすべき仕事が他にある裄沢は、さすがに関知していない。ただ来合のことだから、こうした面々を使って調べられる村田家側が、後々弱味を握られて脅されるようなことにならないよう、きちんと手綱は握っているはずだとの信用はしていた。

「駄目だな」

数日ぶりに顔を合わせた来合が、裄沢の顔を見るなり音を上げた。

「やっぱり素人を使って探りを入れるのは無理があったか」

裄沢も、あるいはそうなるかもしれないとの予測はしていた。しかし、この手が上手くいかないとなると、本当に次の策がなくなる。

ところが来合は、裄沢の合いの手に首を振った。

「いや、そういうことが全くなかったとまでは言わねえが、ちゃんと人は選んだんだ。素人にしちゃあ、しっかりやってくれたと思うぜ――むしろそんだけ、向こうの連中の結束が固えってこったろうな。みんな固く口を噤んじまって、梃子でも開かねえって様子だったらしい」

「ほう、そこまで……」

「金ぇ握らして追い返されそうんなった野郎もいたようだな――まあ、そこで粘

って も仕方ねえから、しっかり貰って帰ってきたって言ってたけどな」

「金を……」

ひと言呟いた裄沢は、わずかの間何かを考え込んだ様子だった。視線を上げて、来合を見る。

「そいつは、お手柄だったな」

思ってもいないことを言われて、つい頓狂な声が出る。

「お手柄？　泡銭握らされて追い返されたことがかい？」

裄沢は来合の態度を見ても、おかしくもなさそうに平静に応じた。

「ああよ――つまり向こうさんはとても裕福とは思えないのに、それでも金を渡してても惜しくないぐらい、守りたい秘事があるってことだ」

「？　――そりゃあ、あるだろ。なにしろ村田某が夜の夜中に渋谷くんだりで裸で死んでたなんてことがお目付にバレたら、村田家は取り潰しだかんな」

「まあ表向きはな。けど、内実もそうだとは限らない――一番上の目付衆が承知してるかはともかく、下僚の徒目付や小人目付の中には知ってて目ぇ瞑ってる者が必ずいるはずさ。

親戚連中がひた隠しにしてると言ったたって、あんな奇妙な死に方してたっててのに、人の口に戸が立てられるワケもない。必ず噂は流れるモンさ——みんな知っていながら、お家が潰れるなんて大事は『明日は我が身』だから、大っぴらには口にしないだけだ。

お前さんが探りを入れるのに使った御家人連中だって、お前さんから何を聞き出したいかを教えられて、驚いた顔をした者は一人もいなかったろう?」

「……言われてみりゃあそのとおりだが、それが目付の下役にまで知られてるって? しかも、そうであっても取り沙汰されてねえってなぁ、いってえどういうこった」

「幕臣の理非曲直を正すのがお目付衆の役割で、連中はそのためにはいっさい容赦しないことで知られてる。ならその下僚だって、不正が行われているようなことはないか、気ぃ張って探してるはずだ。こんな奇妙な話が聞こえてきたのに、わずかも調べることなく見逃すとは思えないし、少しでも調べたなら何があったかはすぐに知れたはずさ。

けどな、大上段に取り上げてバッサリやっていい話とそうじゃない話があるんだ。連中だって、そこのところはしっかりわきまえてるってことさ」

「バッサリやっていい話とそうじゃない話……」

「昔は果断に大名家を取り潰していた公儀が、慶安事変（由井正雪の乱）以来、そう簡単には改易（取り潰し）を行わなくなった」

いくつもの大名家を取り潰したことにより世の中に溢れることになった浪人たちの不満から引き起こされた、幕府転覆未遂事件である。事前の密告があって危うく勃発は回避されたが、これに懲りた幕府は、よほど明確な理由がなければ大名家を潰さないようになった。

「たとえば謙信公を祖先に持つ米沢藩上杉家は、三代藩主綱勝公が嫡子のないまま急死した。にもかかわらず、大幅な減封（領地縮小）こそ免れなかったものの、吉良家より養子を入れてのお家存続は認められている」

上杉家が名門であったからこその措置だが、慶安事変以前の幕府なら、とうてい考えられない扱いの典型例であろう。

「そこまでではなくとも、藩主の病が篤くなってからの急養子が公に認められるようになったばかりでなく、すでに病死しているにもかかわらずまだ生きていると偽って養子願いを届け出ても、知らぬふりしてあっさり認めてくれるのが当節のご時勢さ。

外様を含めた大名家でそんなことまで認めてるのに、無役の小普請組とはいえお膝元のご直参を厳しく処断したならばどうなる？　村田家の親戚一同が死人さんの葬式を大っぴらにやってから跡継ぎの願いを出したなんてことならともかく、連中はひた隠しにして他と同じようにコッソリ進めてたんだぜ。目付連中だって馬鹿じゃない。やって己の功になることと、手間ばかり掛かって自分らへの敵意を増やすことにしかつながらない愚策の区別ぐらいはつくもんさ。たとえ上に戴くのが頭の固い朴念仁であっても、下で仕える連中は代々の仕事として酸いも甘いも嚙み分けているっていうのは、向こうさんだって町方の与力同心と違いはないんだ」

目付に任ぜられるのは五百石以上の旗本で、やがては町奉行や勘定奉行といった幕臣の頂点を目指さんとするような、出世街道まっしぐらの者たちである。たとえば賄方では、お上の権威を笠に魚市場より不当に安く魚を仕入れ、支出を誤魔化して差額を懐に入れるような不正が横行していることはほとんど周知の事実であったが、目付によって摘発された事例はごく少ない。

雑魚を吊し上げても大して手柄にならない一方で、配下の不始末が明らかになったお偉方から余計な恨みを買うようでは割に合わないからだ。実の父親でも罪あれば果断に処する峻厳さで一目置かれる目付であっても、損得勘定がキッチりできるだけの優秀さは備えていなければ先はないのである。

　下から報告が上がってこないこのような出来事へ、重箱の隅を突くようなこだわり方をするような者は、それ以上の出世は望めない。世の常識を備えた目付の皆にとっては暗黙の了解となっていることだったし、新任の目付が現職者たちからの推薦と合議で選ばれるからには、例外となるような者がこのお役に就くことはほとんどないといってよかった。

「……お前さんの言いてえこたぁ判ったが、そうだとしたって、なんで金摑ませようとしてきたことが手柄なんだ？」

「目付だって下のほうは知ってるはずだって言ったろう。表沙汰にはなっていないものの、みんなに知れ渡ってることを隠すために金を握らせたんじゃなきゃあ、他にも何か後ろ暗いことがあるって言ってんのと同じだろう。なにしろいずれも、金の無いことでは高名な小普請組だからな——もっとも、お前さんが差し向けた男に臆して、出す要もない金を差し出したってことだって、ないとまでは言えないけどな。

　ただ、もうその辺ぐらいしか取っ掛かりになりそうなことはないから、俺としても無理矢理縋ろうとする気持ちになってるかもしれないってとこまで否定はできない——これを突き詰めても結果ハズレだったら、もう諦めるよりないかもな」

裄沢が吐いた弱音を耳にした来合は、何かを思い出す顔になった。

「そういや金を握らせてきた死人さんの親戚にゃあ、今度お役に就く話が持ち上がってるとかって噂があるらしいな。そんなときにことを荒立てられて万が一にも話が流れるのを恐れたから、金を摑ませにきたってことか……」

来合の独り言に、裄沢の目が鋭くなる。

「その親戚ってのは？」

来合は裄沢の態度の急変に戸惑いながらも素直に答える。

「ええと、死人さんが見っかったとこへ駆けつけて、亡骸を引き取ってった叔父貴だよ」

「そいつが今度就くって噂のお役が何か、判るか」

「なんでも、百人組の同心だか与力だかって話らしいが」

「……こいつは、大当たりかもしれないな」

「？」

裄沢は来合のことなど忘れたかのように何やら考え込み始める。

「後は、あの小夜って娘にどこまで覚悟があるか、か……」

裄沢がポツリと呟いた言葉に、来合はどう反応したものかと困惑するばかりだった。

五

本所北割下水から北西の方角、大川を渡るための吾妻橋へ向かう途中に、光徳寺という小さな寺院が建っている。鎮守社の代わりなのか、光徳寺の脇にはこれも小さな稲荷社があった。

下渋谷村で怪死を遂げた村田健志郎の父方の叔父・細川伝蔵は、倅の力也とともにこの稲荷社の境内にて人待ち顔で佇んでいた。伝蔵の顔にも力也の顔にも、緊張漂う苛立たしげな表情が浮かんでいる。

伝蔵は、握り締められて皺になった、文と覚しき紙を手にしていた。

そこへ、武家娘らしき若い女が、供も連れず一人で鳥居を潜って現れた。女の足取りは落ち着いており、単にお参りに来た者のようにも見える。

「小夜殿」

稲荷社のほうへと歩いてくる女を見つけても口を閉ざしたままずっと観察していた伝蔵が、自分らに近づいてきてからようやく声を掛けた。

「お待たせしてしまいましたか」

侍二人が険しい表情で己の前に立っているにもかかわらず、小夜と呼ばれた女――健志郎の許嫁であった娘は、臆することなくひたりと目を向けた。

「このようなところへ呼び出すとは、そなたいったい、どういう料簡なのだ」

「細川様にとって他人様の耳に入るのは都合の悪い話かと思いまして、このような場所を選んだのですが。無用にございましたでしょうか」

伝蔵らの表情に険しさが増す。

「都合の悪い話とは、何のことだ。我らは、亡くなった健志郎のことについて大事な話があるとのそなたの文を見て、ここに参っただけぞ」

伝蔵の応えを聞いた小夜は薄く笑う。

「あら。都合の悪い話でなくば、このようなところへいらっしゃるようなことはせずに、そちらで場所を決め直されればよろしかったでしょうに」

「……我らは、そなたが許嫁を喪い心痛の極みにあって心迷うたがゆえ、かように奇妙な願いをしてきたのかと思って応じただけだが」

「それは、余分な心配をお掛けしましたな」

伝蔵は、若い女の態度とも思えぬ不遜な言動をする小夜をじっと見据える。内心では力也とともに警戒を深めていた。

「それで、このようなところへ呼び出した用件は何じゃ」

いずれにせよこのままでは埒が明かぬと、本題に移るよう催促した。

小夜はしばらく問いに応じずに伝蔵の顔をじっと見つめた。

そして、ようやく口を開く。

「健志郎様が亡くなるまでの、ことの次第をひととおり、隠すところなくお話しいただきたいと存じまして」

「隠すも何も、我らはただ健志郎が亡くなっておると聞きつけ、急ぎ駆けつけただけなれば。なぜあのようなところで、あのような格好で死んでいたのかについては、とんと見当がつかぬ」

「人に聞いて駆けつけられたと——それを細川様にお知らせくださったのは、どなた様にございましょうや」

「……そなたの知らぬ人物だ。名を言うたとて仕方があるまい」

「そのお方が知らせてくれたればこそ、健志郎様があのような格好のままいつまでも番屋に留め置かれたり、身元も知れぬままどこぞの無縁寺に葬られたりすることなく無事に村田家の菩提寺に納められたのです。なれば、私からもひと言お礼は申し上げねばなりませぬ」

「……先方は慎み深いお方での。さような礼は、却って先方に気を遣わせてしまうことになる。無用になされよ」

「許嫁を亡くした者の、切なる願いを聞けぬほどに慎み深くあらせられるのでございますか？」

「……小夜殿、無理を言うでない。相手は、己の身を顧みずに健志郎の危難を知らせてくれたお方ぞ。わずかでも広まるようなことがあれば、そのお方にとってマズい事態にもなりかねぬのだ。

先様の誠意に応えるためにも、口を閉ざしていることこそ肝要。そこをよくわきまえて、どうか聞き分けてくれぬか」

「はて、黙って聞いていれば、ずいぶんと面妖なお話にございますな」

「面妖？　いったいどこが」

「そもそも最初に私が隠しておることを明かしてほしいと申し上げたときに隠していることなどないと仰せであったのに、問い詰めていくうちに細川様へお知らせくださった方がいたなどというお話が突然出てきた。しかも、健志郎様にも関わるそのお方のご事情にずいぶんとお詳しいご様子――すなわち細川様は、私に嘘をつかれたということにございますな」

「それは……事情は先ほど申したとおり。隠しごとをしたは、いろいろとお気遣いくださった先様に迷惑を掛けぬためじゃ。それに、許嫁を亡くし心労を抱えておるそなたに、余計な話をして心を乱させてしまうようなことがあってはよくないと考え、口を閉ざしていたという意味もある。

そなたがいろいろと問い質してきたりしておらねば、丸く収まったものを。全てをあからさまにすることが必ずしもよいこととは限らぬ。幸いそなたは健志郎と祝言を挙げる前で、村田の家とはもう関わり合いはないことになる。

我らの事情も踏まえ、踏み込もうとするのはそこまでにしてもらいたい」

うるさく言ってくる小夜への説得を諦めたのか、伝蔵はついに相手を突き放すもの言いをした。

小夜は気を昂ぶらせることなく「さようにございますか」と返す。

その静けさが、却って伝蔵たちの警戒心を高めた。

小夜は、平静な口ぶりのまま言葉を続ける。

「私にはお聞かせくださらぬということならば、仕方がありませぬ。これよりの相談は、お目付に対してすることと致しましょう。今はお見逃しになっておられても、裏に焦臭い話ありとお伝えすれば、関心を持っていただけましょうから」

小夜の衝撃的な発言に、伝蔵も力也も息を呑む。

「なんと！ そなた、目付に告げると申すか」

「それより他に、何があったかを知る手立てがないとなれば、やむを得ぬことにございます」

「……そなた、さようなことをすることによって村田の家がどうなってもよいと申すか。せっかくお気遣いくだされた方にも、恩を仇で返すことになるのだぞ」

「そうおっしゃられても、どのような事情や経緯があってのことか私には判らぬ以上、やめるという判断はつきませぬ。私に告げることが話を広めかねぬとのお話ですが、そこまで信用がないのは残念にございました。

私も最初に嘘をつかれた以上、その後の話も嘘でないとは信じ切れぬ気持ちになっております――こんなところまでお呼び立てし、真に申し訳ありませんでした。今後は、お二方にこちらからお目に掛かろうとすることはありませぬ。では、失礼致します」

綺麗に一礼して背を向けると、そのまま通りのほうへと歩き出した。

「小夜殿、ま、待て」

伝蔵は慌てて引き止めようとしたが、小夜は立ち止まりも振り返りもせずに、そのまま歩き去っていく。

「父上、どうなさいます」

小夜との会話ではひと言も口を挟まなかった力也が、命ぜられれば力尽くでも止めようと伝蔵の意向を問うた。

伝蔵は去っていく小夜の背に視線を向けたまま、「むう」と唸っただけだった。

「このまま放っておくおつもりですか？　あの女なれば、本当にお目付のところへ行ってしまうやもしれませんぞ」

「ともかく、見失わぬように後をついてゆくか……」

伝蔵は独り言のように呟くと、小夜の後を追って歩み出した。力也も父に続く。

伝蔵らは気づかれぬよう慎重に足を進めていったが、小夜は自分が後を尾けられているなどとは考えてもいないのか、背後を気にする素振りを全く見せなかった。

稲荷社を出た小夜は、道を東へ採った。長健寺に突き当たる丁字路を北へ上って、すぐまた東へ折れる。

「父上、あの道は」

何かに気づいた力也が伝蔵に呼び掛けた。十分に間は空けているものの、無意識のうちに囁き声になっている。

「あの道の先に何かあるのか」

「突き当たりに『咳の婆』がある以外は、行き止まりになっているところのはずです」

「そうか……」

「咳の婆」や「咳の婆さん」などと呼ばれているのは、当時は死病とされていた労咳（結核）など、咳の症状を伴う病を癒やす御利益があると信じられていた石像である。江戸やその周辺の地域には、これと類似する石像が多数祀られていた。

本所の北西部に存在したこの「咳の婆」像には、米、豆、餅、あられといったお供え物を持参して拝みに来る者がときおりいるだけで、普段は人影がない。人通りがないために咳の婆の先は道がなくなっており、蛇が出そうな雑草地になっていることから「蛇山」という異称のある寂れた場所だった。

「おそらくは家へ帰ろうとして、寺の前で南へ折れるべきところを誤って反対側に曲がってしまった。それでも東へ向かえば北割下水に達する道とぶつかるだろうと、後戻りせずにそのまま進んでおるのではないでしょうか」

「それと気づかぬまま、人目のない行き止まりへ向かっているか……」

何かを考えながら伝蔵は呟く。次の言葉には、決意が籠もっていた。

「足を速めるぞ――あの小娘が自ら人気のない場所へ足を向けたことこそ、我らに与する天の導き。なれば、せっかくの機会を逃すことはできぬ」

二人は、跫音を立てぬよう気を配りつつも早足になった。

前方では、誤った場所に踏み込んでしまったと気づきかけた小夜が左右を見回している。伝蔵らが指呼の間まで近づいてから、ようやく背後から迫る気配に気づいて振り向いた。

六

完全に向き直って佇む小夜に、伝蔵らも足取りを緩めた。すぐ目の前で立ち止まった伝蔵へ、小夜が問い掛ける。

「お別れは先ほど告げましたのに、まだなんぞ用がおありでしょうか」

むくつけき侍二人が自分の後を追ってきた上、人目のないところで急に近づいたというのに、小夜の声から怯えは感じられない。

すでに肚を括った伝蔵のほうも、多少の気遣いは滲ませた稲荷社でのやり取りとは違って、威迫の籠もった口ぶりで述べた。

「ああ、そなたにはどうしても考え直してもらおうと思うてな」

「考え直す？　何をでございましょうか」

「言われねば判らぬか。そなたがお目付に告げ口をすると申したことに決まっておろう」

「告げ口などと。相談にござりますれば」

「いずれでも同じだ。そなたがやろうとしていることは、村田のお家を危うくする行為に他ならぬ」

「村田のお家でございますか」

「そうだ。そなた、己が嫁ぐはずだったお家にこれ以上の不幸が襲うのを避けようとは思わぬのか」

「……お目付に知られることで危うくなるのは、村田のお家ではなく、伝蔵様らの細川家ではありませぬのか？」

「何⁉」

「伝蔵様かご子息の力也様かは存じませぬが、こたび百人組にてお役を得られるとのお噂」

「そんな噂は知らぬが……それがどうした」

一瞬、反射的に「そんなことはない」と否定しようとした伝蔵だったが、後に実際お役に就いたとなれば再び話が拗(こじ)れると考えて、先を促すだけにした。

小夜を注視している伝蔵には、お役に就くとの噂があるという小夜の言葉に、力也がビクリと反応してしまったところは見えていない。

気づいていながら指摘することなく、小夜は重大事を淡々と告げた。

「そもそも百人組のお役には、健志郎様が就くことになっていたはず」

「！　何のことだ。どこからさような与太話(よたばなし)を仕入れてきた」

「生前の健志郎様より、私が直に聞いたことにございます」

小夜は、伝蔵の顔を真っ直ぐ見据えて断言してきた。

その話は実現するまで秘匿(ひとく)するということになっていたはずだが、健志郎も己の嫁となる女に対しては気を緩め、つい口が軽くなったのかもしれない。実際、己に関する噂が流れたことについて、伝蔵のほうも身に憶えがないとは言えないようなことをしていた。

「そなたにいいところを見せんと、本来ただの願望なのに、さも実現しそうな言いようで口にしてしまったのではないかの」

「そうでございましょうか——健志郎様がおっしゃったのが百人組、こたびの伝蔵様のお家についても百人組、そして健志郎様が亡くなられているのを見つかったのも、百人組の組屋敷からお江戸の郊外へ向かった先にございます——伝蔵様。これは皆、単なる偶然にございましょうや。

私には、健志郎様の危急を伝蔵様に伝えた『慎み深い』とやらいうお人まで含めて、みんなつながっているのではないかと思えてしまうのですが」

「……そのようなことがあるはずはない。全ては、心労のあまりまともな考え方ができなくなった、そなたの思い込みだ」

「なるほど、伝蔵様は我が妄想だとおっしゃいますか。ですが私にはどうしても伝蔵様のそのお言葉に得心がいきませぬ——ああそれでは、お目付に申し上げてもお取り上げになることなくば、そのときには諦めることと致しましょうか」

小夜は、いいことを思いついたとばかりに手をポンと打つ。

「どうしても、目付に告げると申すか……」

剣呑になった伝蔵の目を静かに見返して、小夜は「はい」とのみ答えた。

「やむを得ぬ」

伝蔵が刀に手を掛けようという素振りを見せると、小夜は相手を見据えたまま足早な後退りで後ろへと下がる。

伝蔵と力也は、急に危機感を募らせた小夜の振る舞いを、余裕をもって放置する。

小夜の後ろに道はない。いくらもいかぬうちに裾に当たる草叢を感じ取ったのであろう、危険な二人を目の前にしながら、小夜は足を止めてしまった。

父と同じく刀の柄を握った格好で、力也は弄うように言い放った。

「そなたに逃げ道などは、どこにもないぞ」

進退窮まり、さすがに怯えを見せるかと思われた小夜は、しかしながら勝ち誇ったように声を上げた。

「村田家のためなどと言いながら、とうとう正体を現しましたな」

「何？」

「いくら親戚であるとは申せ、他人の家のために人を殺めようとまでは致しますまい――私を手に掛けんとするは、そうせねばそなた様方ご自身が、危うくなるからにございましょう」

力也が冷笑を浮かべ吐き捨てる。

「今さら気づいたとて、もう遅いわ」

「あら。自分たちの欲のために私を殺めようというのなら、冥土の土産ぐらい贈呈してくれてもよろしいのでは」

力也はフフンと鼻で嗤う。

「あの世で健志郎とせいぜい仲良く暮らすがよい。我らはこの世で健志郎が得るはずだったお役に就いて、そなたらの分まで生を謳歌してやるからよ」

刀を抜ききって小夜のほうへと一歩踏み出す。

小夜の背後には、立ち枯れて嵩を減らしつつ、それでも膝丈ほどもある草一面の荒れ野原。踏み込めば足にまつわりつき、地面の凹凸もその草叢に邪魔されて定かには見えない。女の足で逃げる術はなかった。

――手を汚すことぐらいは、父に代わって俺が。

力也は意気込んでさらに一歩、二歩と足を進める。

小夜はその場から動かずに、ただ己に近づいてくる力也を静かに見つめていた。

この期に及んでなおも変わらぬ女の平静さが、力也には不可解だった。

――なんの、すでに生きるのを諦めただけであろう。

不気味さが心の底から這い上がってくるのを強引に捻じ伏せる。その気力をもって、まだ十分届かぬ距離なのに刀を振り上げんとした。

「そこまでだな」

不意に、力也の背後から声が掛かった。

急ぎ振り返ると、見憶えのない大男が立っている。しかし、その身分は格好を見れば明らかだった。

「町方……」

大男は、声を張り上げることなく淡々と告げてきた。

「北町奉行所定町廻り同心、来合轟次郎だ。市中で女を斬り殺さんとしたは不届千万。神妙に縛に就け」

力也はグッと詰まったが、懸命に言い返す。

「我らは御家人。町方風情の咎めを受ける謂われはない」

来合と名乗った町方は、平然と切り返す。

「ここは御家人の組屋敷でも大名屋敷の中でもねえ、天下の往来だぜ。そんな場所で真剣振り翳して『殺す』と人を脅したとなりゃあ、お江戸の安寧を任されてるおいらたちは、お旗本でもどこぞの藩士でも、引っ捕らえてお縄にできるのさ。

お前さんの言った御家人云々てなぁ、捕らえた後んなってからの話だ。確かに主持ちの武家のお裁きまでは町奉行所の領分じゃねえから、大名家の家来でも幕臣でも、やったことを言い添えて奉公先のしかるべきところへ身柄を届けてやろうさね。『裁くのはそっちでよろしく』って言ってな――御家人だってぇお前さんの話がホントなら、きっちり熨斗ぃ付けて、間違いなくお目付んとこへ渡してやるから大人しくしな」

来合が力也に語ったことは事実である。武家屋敷の敷地内で起きた騒動へ踏み込む権限はなくとも、天下往来で人に危害を加える懼れが大きい者を無力化することは自体は、町方に付託される職務に含まれていた。

ちなみに、自身が所属する町奉行所が月番でなかったとしても、現代で言うところの「現行犯」であれば、やはり逮捕収監と身元が明らかになるまでの取り調べに問題は生じない。またそうでなければ、廻り方が、月番かどうかにかかわらず毎日市中巡回している意味がなくなると言えよう。

進退窮まった力也は、どうするべきかと父の様子を覗う。しかし、伝蔵も茫然と突っ立っているばかりであった。

今さらながら、未練げに小夜のほうへ目がいく。

草叢の中に潜んでいたのであろうか、小者か岡っ引きらしき手先の男が、いつの間にか小夜を庇うように隣に立っていた。

——謀られた！　我らは小夜を追い込んだのではなく、この場まで誘い込まれたのだ……。

ここに至ってようやく力也は、自分らを呼び出した小夜の魂胆に気づいたのだった。

「刀ぁ納めて、大小いずれも腰からはずして地面に置きねえ」

来合は、抜き身を手にする侍二人相手に、警戒する様子もなく指図してくる。

いまだ抜き身を手にしていることに思い至った力也が、再び父へ目をやる。言葉もなく立ち尽くしている父を見て、刀を握る手に力が籠もった。

相手の町方はと見れば——無手のまま不用意に近づいてこようとしている。

――ならば。

「ヤアッ！」

鞘の鯉口近辺に左手を掛けて刀を納めるふりをし、近づいてくる町方へ不意に襲い掛かった――つもりだった。

しかし、己が斬ろうとした町方は、図体の大きさにそぐわぬ身のこなしで自分のほうから間合いに踏み込んでくると、振り下ろしかけた力也の腕を払って刀の進む方向を変え、つられてソッポを向くことになった力也の視界から、一瞬にして掻き消えた。

「グッ」

次に力也が感じたのは、横合いから急激に迫る影と、突然の鳩尾への衝撃である。来合は、刀を抜くことすらせず力也を当て落としたのだった。

「お前さんもやり合いてえか？」

頽れた力也を一瞬だけ見下ろした来合は、視線を上げて静かに伝蔵へ問うた。

とうてい己らの力量で敵う相手ではないと悟らされた伝蔵は、手にした刀の切っ先を力なく地へ落とした。

七

伝蔵は素直に刀を鞘に納めた。その大小は、すでに町方の手先へと手渡されている。

来合に活を入れられて意識を取り戻した力也からも刀は取り上げられて、当人は地べたに尻をつけたまま、まだ茫然としていた。

「終わったか」

新たな声が、咳の婆へ至る道のほうから聞こえた。町方装束ではない着流しは隠密廻りでもあろうかと、伝蔵はぼんやりと考える。

「ああよ。ほんのちょっとだけ手間ぁ掛けさせられたがな」

来合が世間話をしているのと変わらぬような調子で、新たに現れた男へ返した。

してみると、やはりこの男も町方であろう。

新たな男は、抵抗する気力もなく突っ立っている伝蔵に顔を向けてきた。

「非番ゆえこんな普段着姿をしているが、俺も町方だ。北町奉行所用部屋手附同心の裄沢という」

非番、外役（外勤）ではない町方同心……男の妙な言い草が、伝蔵の耳に残った。

裄沢と名乗った男が、伝蔵の様子を見ながら話を続ける。

「さて、そなたらをこのまま大番屋（容疑者の拘束と取り調べの機能を充実させた特別の番屋。南北町奉行所の周辺に数カ所設置されていた）へ引っ立ててもよいが、その前に内々で話を聞かせてもらうという手も取れる。大番屋へ向かえばその後はお目付へ話を持っていくことが必定となるけれど、内々で話を聞かせてくれるなれば、場合によってはそのままお帰りいただくことができるやもしれぬ。

ただし、約束まではせぬ。話の中身次第だし、正直に全て話したならばそうしてやれるかも、というだけだがな。

それから、たとえそなたらが応じたとしても、そなたらのする話に嘘や誤魔化しが混じっていると判断したならばそこで即座に打ち切り、そのまま大番屋へ直行する——ということだが、そなたらはどうしたい？　いずれにするかは、そなたらの考えに任せるが」

小夜を斬ろうとしたという誤魔化しようのない事実を目撃されており、その背後に健志郎の死が絡んでいるとの己らの発言も聞かれているからには、お目付へ身柄を引き渡されたら自分らがどうなるかは明白だった。ならば、自分たちに拒否できるわけもない。

伝蔵と力也は、素直に二人の町方に従った。

なお伝蔵らの刀は、外から見えないように菰に包んだ上で細縄で縛られ、ついてきた町方の手先に抱えられて運ばれた。

裄沢らが伝蔵と力也を伴ったのは、最初に二人が小夜から呼び出された稲荷社にもほど近い、中ノ郷原庭町の料理茶屋だった。

この辺りは、浅草と本所北端を結ぶ吾妻橋からほんの数町（一町は百メートル強）という場所になる。本所で最も賑わいのある両国橋東広小路とは比較にならない程度ではあるが、ここらもそれなりに人通りが多く、大きな道には様々な商家が立ち並んでいた。

しかし裄沢らの選んだところは料理茶屋とは名ばかりの、表通りから一本裏の横丁に建てられた貧相な造りの小見世だった。二部屋か三部屋しかない座敷の、唯一の客が自分らのようだ。

ここに来るまでも路地のようなところをあえて通った様子があったから、おそらくは無腰で町方に伴われる伝蔵らに配慮しての見世や経路の選択だったのであろう。だとすれば、自分らが小夜に呼び出される前から、すでにこれだけの段取りが組まれていたことになる。

伝蔵らの刀を預けられたままの手先は別の小部屋かどこかに控えたようだが、何を思ったか小夜は、皆と一緒の座敷までついてきた。同心たちは、それを見ても当然であるかのような顔をしているだけで何も言わない。

座に着いた皆の前に供されたのは、大ぶりの湯飲みに注がれた煎茶だけであった。

「出てくるのはお茶だけで終いだ。もう、呼ばねば見世の者もここへはやってこぬ——どうせそなたらも、物を飲み食いするような気分ではなかろうからな」

茶を運んできた仲居たちが去ると、来合が言い訳のように告げてくる。確かにそんな気分ではないし、不満を言える立場でもなかった。

「さて、では話してもらおうか」

次に、裄沢と名乗ったほうの同心がそう水を向けてきた。

もはや抵抗したとて己らの運命はすでに定まったようなものだ。かくなる上は己の知るところを洗いざらい話し、後は相手の寛恕を期待するより他にないと、覚悟は決まっていた――というか、もうすでに諦めの境地に達していた。

しかし、いざ始めようとすると、どこから話したものやらと伝蔵は困惑して、しばし言葉に詰まってしまった。

その様子を見て、裄沢のほうから口火を切る。

「ではまず、そなたらが誰からどのように村田健志郎殿の死を知らされたか、ということから聞かせてもらおうか」

「我らに健志郎の死を知らせてきたのは、百人組の小川という同心であった」

そう応じた伝蔵に、来合が口を挟む。

「健志郎さんは、百人組んとこで死んだってえことかい」

伝蔵は慌てて答える。

「健志郎が誰かに害されたなどということではないぞ。あれは、突然の病であったとしか思えぬ。そうでなくば、さすがに我らも向こうの言うがままに振る舞おうなどとはせなんだ」

「今口にした『向こう』とは、百人組のことか」

「ああ、百人組二十五騎組の与力、高梨様からお話を賜ってのことだ」

「いったい何があって健志郎殿は亡くなったのか」

「詳しくは知らぬ。我らが呼ばれて向かったは、青山にある高梨様の組屋敷であった。そこで、健志郎が急死したことと、やむを得ず遺骸を郊外の下渋谷村に運んだことを告げられた——我らに引き取りに行けという言葉とともに」

「何があったかは知らぬとのことだが、訊きもしなかったか」

「それは……できなんだ」

裄沢は、何かを言おうとした来合を目顔で止めて、問いを続ける。

「できなかったと言うのは、実はそなたの中で、あえて問わずとも予測がついた、ということではないか」

「……」

この場合の無言は、肯定と同じである。

「そなたは、そこで何があったと思った」

「……我らが呼ばれた際、使いでやってきた小川も、我らが到着してからお会いくださった高梨様も、赤ら顔をしておった」

「酒を飲んでいたということか」

「……」

「やってきた者は、遥々本所北割下水まで駆けつけるだけの労力を使ったのだから別にするにせよ、与力のほうは、人の行き来の分だけだいぶときが経ってからそなたと会ったはずなのに、押っ取り刀で駆けつけたそなたらがひと目で判るほど赤ら顔をしていた──人が死ぬような大事が起きた後も酒を口にしていようとはなかなか考えられぬからには、健志郎殿が亡くなる前に、ずいぶんと聞こし召していたことになろうな」

「……」

「宴席か」

「……」

「主客──というか、その宴会の酒の肴が、健志郎殿であったのだな」

それでも黙り込む伝蔵を横目で見ながら、来合が「健志郎殿が酒の肴とは？」と疑問を口にした。

裄沢が、吐き捨てるように応ずる。

「我らは代々、同じ八丁堀に住まい同じ町奉行所に勤める者同士、皆が互いに見知った間柄だからさほど聞かぬが、全く違うお役から転じてくる者の多い幕臣のお役の中では、少なからず行われることだそうだ──古株連中が、新たにお役に就く新参者に、今までの慣習だと称して『今後よろしく』との意味の酒宴を開かせ、その席で酔いに任せて散々甚振るというものよ。もっとも、専ら行われるのは、その新参者がお役に就いた後だという話だがな」

特異な例ではあろうが、料理茶屋で開かせた酒宴で接待の仕方が気に入らぬと言って暴れ回り、膳をひっくり返したなどというのはまだ可愛いほうで、脱糞し、襖を破るなど場所を借りた料理茶屋の座敷を滅茶苦茶にしたというような話も残っている。

「健志郎殿は、それをさせられた?」

「青山と本所は離れている。お役に就いて青山の組屋敷へ移った後ならともかく、まだ本所北割下水にいるうちでは宴会を主催するのもままならぬ」

「だから、与力のところで?――しかし、向こうのほうなら赤坂辺りでいくらでも相応しい場所が見つかるのではないか?」

「あるいは、それにかこつけて与力のところでやるのを承諾させられた――無論のこと、費用は全て健志郎殿持ちということでな」

「そして、自分らの懐に入れる分まで上乗せで払わせるか……」

見やっても押し黙ったままの伝蔵へ、裄沢は次の問いを放った。

「酒宴を開いてしまったのに、健志郎殿からは費用を取れなくなった――その払いは、そちらへ回ったのではないか」

まさかという顔の来合をよそに、伝蔵は苦虫を嚙み潰したような顔をしている。

「いくら出せと言われている」

「……七十両」

「！　なな……」

あまりに法外な額に、来合が呆れて思わず声を上げかけた。

小普請組にとっては目の玉が飛び出るような額で、方々に散々頭を下げまくってようやく借りられたかどうか、というところであったろう。返す当ての話をしなければ借りられる金高も限られてしまうということで、口にしたお役入りの話が噂になって、来合の使った小普請たちの耳にまで届いたのであろうか。

「下渋谷村で見つかった死人が生前どこで何をしていたか」ということについては、訊くべきことを聞いてしまった。裄沢は論点を変える。

「健志郎殿が急な病で亡くなったというは確かか」

「そう聞いておる。引き取った遺体を湯灌（法要の前に洗い清めること）したときも、体の下側になっていたほう一面に痣のようなものはできていた（血流がなくなって起こる、死斑と呼ばれる鬱血状態）が、それ以外で目につくような傷や瘤などはなかった」

「立花さんによると、立ち会った南町の内藤さんからも不審なところがあったという話は聞いてねえそうだ」

伝蔵の返答を来合が補足した。

おそらくは、宴席の座興として健志郎は無理矢理裸踊りでもさせられたのだろう。その席でさらに何かあったのか、我慢に我慢を重ねた末に急激に頭に血が昇るようなことがあって、とうとう憤死してしまったのであろうか。

もともと健志郎に病があったことが原因かもしれないが、もしそうだったとしても、過剰なことをやらせて健志郎の死を招いた言い訳にはならない。

この物語よりおよそ十年前からの数年間、松平定信が老中首座をしていた時代、殿様育ちの定信に世情を知ってもらうべく、側近が世の中の出来事や風聞を報告したものを纏めた『よしの冊子』と呼ばれる資料が残っている。

その中には、こうした宴席で先達が下半身を丸出しにした上で己の陰嚢を押し広げ、そこへ同輩に酒を注がせて新参者に口をつけて飲むよう強要したという醜行が記されている。果たして事実なのか単なる噂だったのかは不明だが、殿様への仕事上の報告である以上、これに類することが行われていたという推測はできよう。

そこまでのことがあったかはともかく、宴席で一人を散々嬲った挙句にその人物が死んでしまったとなれば、出席者は大いに慌てたに違いない。少なからず酒が入っていたこともあって、自分たちの関わりを隠すため組屋敷から遠ざけようと運び出した遺体を、夜中とはいえ本能的になるべく人目につかぬほうへと持っていって遺棄したということであったろうか。

その後酒が醒めて冷静になった者が、「このままにしておいて、万が一にも健志郎の身元が明らかになったなら騒ぎが生ずる」と言い出し、自分らの身を案じた与力が伝蔵らを呼んで、ことを穏便に済ますよう言い聞かせた――呆れるほどに馬鹿げた話だが、こたびの一件の推移は、おおよそこのようなことだったと思われた。

八

「よろしゅうございましょうか」

　裄沢が村田健志郎の最期を思いやっている間座敷に沈黙が広がると、それまでずっと黙って聞いていた小夜が言葉を発した。

　裄沢の頷きを受けて、小夜が問いを発する。

「何があったかは、今のお話でおおよそ察しがつきました。ですが、なぜ健志郎様が亡くなったすぐ後に伝蔵様らが呼ばれたのか、高梨様とかいうその百人組与力と伝蔵様との関わりが判りませぬ」

　口を閉ざしたままの伝蔵を、裄沢が「細川殿」と促す。すると伝蔵は、ようやく返答を口にした。

「今さらだから明かすが、健志郎には青山の百人組二十五騎組へ登用されるという話が持ち上がっておった」

　それは、健志郎が宴席の場で死んだものと思われるという話ですでに確認済みだ。ちなみに小夜が健志郎の百人組お役入りを知っていたというのは、裄沢が知恵を授けてのハッタリだった。

伝蔵は話を続ける。

「なれど、その話は健志郎だけのことではなかった」

「伝蔵殿の細川家もついでにって？　しかしいくら何でも、そいつぁ都合がよすぎねえかい」

疑義を表した来合を、伝蔵は強い目で見返す。

「百人組は鉄砲衆。そして健志郎の村田家も我が細川家も、小普請組に移される前は先手鉄砲組の所属であった」

百人組は、鉄砲百人組とも呼ばれる銃兵部隊である。将軍直轄というその性格上、お役に任ぜられて初めて鉄砲を手に取るような人物が就けるところではなかった。欠員が出たとて、そこいらから適当に見繕って補充できるようなお役ではないのだ。

その点、先手鉄砲組で働く父に、幼少期から手ほどきを受けて育った者であれば、確かに登用されるだけの資質を持っていると言えそうだ。

「しかし、今は小普請。将軍直轄である百人組のお役となれば、たとえば先手鉄砲組から人を選んで移し、その穴埋めに健志郎殿らを先手鉄砲組に復帰させるのが筋ではないのか」

「小普請に落とした者らを、当主が次の代になったからとてすぐに元のお役へ戻すわけにはいくまい」

所属する者を放り出した組織として、そのまま受け入れるのは体面上問題があるということだろう。あるいは、残っている者と戻される者との間の感情的な軋轢への配慮、という意味もいくらかはあるかもしれない。

しかし、それでも疑問に思える点があることを来合が指摘した。

「仮にも将軍直轄の兵だぜ。親の代に小普請になったような者を百人組に引き上げるほうが問題じゃねえのかい」

「今は戦もない。将軍家の御成（外出）も、せいぜいが上野（寛永寺）か芝（増上寺）か、いずれか近場の菩提寺までよ。なれば、直轄などと言っても形ばかり。組頭なればともかく、その下僚の端役のことなど、体裁さえ整っていれば文句などどこからも出てはこぬのであろう」

将軍御成の際の警固も百人組の任務に含まれるが、歴代将軍の中で往復に多額の経費が掛かる日光東照宮（徳川初代将軍家康の埋葬地）へ社参する者はもともと少なかっただけではなく、この物語より二十年ほど前には先代将軍家治の嫡男であった家基が鷹狩りの帰りに病を発し急死したこともあり、現将軍の家斉の遠出には当人も周囲も慎重になっていたはずだ（傍系の出自で家基が死ななければ将軍になれなかった家斉は、生涯に亘り家基の菩提を懇ろに弔ったが、これは家基が怨霊となって自分に恨みを向けてくるのを恐れてのことだとも言われている）。

なれば、伝蔵の推測もあながち間違いとは言えないのかもしれない。

「それにしたって『親戚がなれそうだから我が家も』ってほど簡単なモンじゃねえだろう。第一、いくら百人組ったって、なかなか一度に二つも席が空いたりゃあしねえだろうしな」

小普請は、戦国の世から太平の世に移り変わったことで大量にあぶれた戦闘要員のために設けられた仕組みである。いったんここへ組み込まれたなら、そうそう簡単にお役に就くことはできなかった。

誰かが運よくお役にありつけたとしても、「その伝手で他も」とは、なかなかなりようがないのだ。

が、伝蔵は強い言葉で反発してきた。

「細川家が望んだのは確かに同心なれど、健志郎のほうへ話がいったのは与力のお役だ」

問い掛けるように見てきた裄沢に応えるように、伝蔵は続ける。

「健志郎の村田家は、先代のときにお咎めを受けて知行半知（所領の五割没収）の上小普請入りとなった。我が家はその配下であると同時に縁戚関係にもあったため、とばっちりを受けての巻き添えよ」

「先手組当時の村田家の俸禄は」

「知行取り二百石。こたび百人組与力としてお役を得られれば、減封の処分も解除され現米取り八十石となるはずであった」

知行取りの何石というのは、「何石の生産力がある土地を授けられる」という意味である。実際の収入はそこから収穫される米のうち年貢として上納される分となる。一俵の米の量については各藩ごとで違いがあったとも言うが、公儀の場合はおよそ二俵半で一石である。

公儀の年貢の率は四公六民だから、一石の知行地当たりおよそ一俵の米が領主の収入となるのだ。実際、足高制（下位の役職に在った者がより高い禄高相当の役職に就いた場合、それまでは単純に不足分が加増され代々継承されていったものを、八代将軍吉宗のときに「当人がその役職に就いている間だけの期間限定」

と改めた制度）においては、加増分を土地で与えると下賜と返納、二度の事務が煩雑になるため年貢相当量の米で支給したのだが、これが一石につき一俵の割合だった。

これに対し現米取りは、何俵や何石と表示されるそのままの量の米が、俸禄として与えられる身分である。一石あたりおよそ二俵半なので、現米取りの八十石（米二百俵）は知行取りの二百石とほぼ同等となる。

「しっかし、親の代でお咎め小普請になった者が、代替わりしたからっていきなり元の石高でお役入りできるもんかね」

仕事上の失態や不正行為、私生活上の不行跡などで譴責され小普請入りした者は、お咎め小普請や縮尻小普請などと呼ばれた。そうでなくともなかなかお役に就けない小普請組にあって、譴責でこの処分を受けた者にとっては、以後数代に亘り絶望的なほどお役への道のりが遠かった。

「それについては、身共は詳しいところまで聞かされておらぬが、本来村田家が受けるべきお咎めではなかったものを、上の身分の者を庇って村田家の先代が身代わりとなったという噂があった。実際に健志郎に話が来たのだから、その噂には少なからぬ真実味があったのだろうと思う。

なれば、巻き添えとなった我が家にも救済がなされてしかるべきであろう」

開き直ったように言い放った伝蔵を、裄沢は感情の籠もらない目で見やる。

「で、与力の席が健志郎殿のために設けられたのは判ったが、それとは別に同心の席も空いておったのか」

この問いに何か言おうとした伝蔵だったが、その口から言葉は出てこなかった。

代わりに、裄沢が推測したことを述べる。

「席が空いているかどうかなどとは関わりなしに、巻き添えになったからには己も掬（すく）い上（あ）げられて当然と言（い）い募（つの）ったか」

「……」

「それだけではなく、健志郎殿にしかるべく手を打つように強要した。健志郎殿としても細川の家が小普請入りしたことについては思うところがあったから、無理を押して百人組二十五騎組の組頭様との連絡役であった高梨殿につなぎを取った――健志郎殿が急死したときにすぐにそなたへ知らせが行ったのは、そうやってすでに高梨殿との面識が得られていたからであろう」

「……」

「いや、そればかりではないな。空いてもいない同心の席をどうにかしてくれまいかと頼むことを強要された健志郎殿も災難であったが、そんな無理筋の話をいきなり持ち込まれた高梨殿も、ずいぶんと迷惑に感じたであろうな。

もしかすると、新参となる健志郎殿に無理に宴席を開かせて散々な無体を働いたのは、そなたが健志郎殿に行わせた強引な願いを煩わしく思ったことがきっかけやもしれぬな」

伝蔵は「そんなことは……」と言葉にしかけたが、後を続けられないまま口籠もった。

「で、下渋谷村まで駆けつけて健志郎殿の遺体を引き取り、騒ぎにならぬようにことを丸く収める見返りが、百人組へのお役入りか」

「……」

「しかし、今同心の空きはなかったって話じゃねえのか」

「それは……」

答えづらそうな伝蔵に代わり、裄沢が己の推論を述べた。

「さすがに元は先手組同心だった小普請を、与力に引き上げてのお役入りはさせられなかったか──ならば、組内の同心の一人を与力に昇進させ、空いたところへそなたらを入れる算段だったということであろう。もともと健志郎殿を与力に据えるつもりであったということは、与力の席は空いていたということだからな」

町方でも、ごく例外的な扱いながら、同心から与力に昇進したという事例はある。百人組のうち二十五騎組は町方と同じ抱え席（形式上は一代限りの奉公で、子に後を継がせる際には新規採用の形を取る身分）の扱いだったから、百人組の同心の与力昇進も、やはり例外的な取り扱いには入るだろう。

組頭にすれば、新規登用予定者の頓死という想定外の事態の収拾に、ずいぶんと手間を掛ける仕儀に立ち至ったということになる。

「自身の甥御や従兄弟にあたる者が不当な扱いを受けた末に死んだことを知ったにもかかわらず、己らの立身のためその死の隠蔽に協力した。しかのみならず、隠しごとに得心せず真相を知ろうとした者を手に掛けんとまでした——そなたらのやったことは、これに相違ないな」

伝蔵も力也も答える言葉がない。

上体を前に傾かせ無言で畳に目を落とす伝蔵へはもはや関心がなくなった様子で、裄沢はそれまでほとんど口を開かずやり取りを聞くことに専念していた小夜へ目を向けた。

「小夜殿。この者らから聞ける話はこれまでかと思いますが、これよりそなたはどうなさりたい。どうにも勘弁がならぬとお思いなら――この者らのやりよう、そうお感じになって当然とは思いますが――お目付へ訴え出るのであれば、我らも協力させていただきますぞ」

「！　それはっ」

抵抗を諦めここまで素直についてきたときすでに覚悟はできていたであろうに、裄沢の衝撃的な言葉を耳にした伝蔵は思わず反応した。

発言者である裄沢へ向けられた目が、すぐに小夜へと移される。

その慈悲(じひ)を乞(こ)うような、情に訴えんとするような目を、小夜は無表情に見返した。しばらく視線を交わしたままでいた後、小夜は裄沢へ顔を向け直す。

「私が望んだのは、許嫁である健志郎様がなぜ、どのように亡くなったのかを知ることでした。来合様に散々つきまといご迷惑をお掛け致しましたが、裄沢様を含めお二方のお蔭で、無理な願いをこうやって叶えることができました。もう、これ以上望むことはありません」

「……こいつら二人を、そのままにしといていいってことかい」

信じられぬという表情ながら希望の光を目に点し始めた伝蔵父子をちらりと見た後、来合が不満げに問いを発した。

小夜は、もう伝蔵らには目もやろうとせず、問うてきた来合だけを見て答える。

「はい。許嫁を亡くし健志郎様のお家とは関わりがなくなりましたので、幸いなことにもうこの人たちとは二度と顔を合わせることはありません。私と関わりのない者が、どうなろうと知ったことではないです」

目付に訴えるようなことをせず伝蔵がこのまま百人組でお役を得れば、伝蔵父子は青山へ屋敷が移ることになるから、今後小夜がそちらの方面に住まう武士のところへ嫁にでもいかない限り、確かによほどの偶然がなければ二度と顔を合わせることはないだろう。

小夜の恬淡とした応えに、自身のことではないため反論もできない来合は納得できない顔ながら「そうかい」とのみ返す。

と、小夜が「あ」と小さく声を上げた。見返す裄沢や来合らへ、言葉を足す。

「これ以上望みはないと言っておきながら申し訳ないのですが、もう一つだけ叶えてはいただけないでしょうか」

「ああ、なんだい」

伝蔵父子をとことん追い詰めるはずの大一番が、最後の最後で期待はずれに終わって気の抜けた来合は、当初小夜から受けた強引な要請を思い出してのことか、少し嫌そうに応じた。

小夜は来合や裄沢に小さく頭を下げた後、もはやいない者のように無視していた伝蔵父子へと顔を向けた。

「お聞きのように、もう私はあなたたちに関わるつもりは一切ありません。なれど、あなたたちには釘を刺しておかねばならぬことがあります」

伝蔵と力也は、己の上役のそのまた上役から下命を受けるかのように、上体を低くして俯いたまま拝聴している。

「あなた方は、健志郎様の代わりに百人組のお役を得る代償として、健志郎様が負担するはずだった宴席の費用七十両を肩代わりするとのことですね。ならばそのお金、他人に頼らず必ず自分たちで工面しなさい。

たとえば健志郎様の死を秘匿して急養子に入れた相手やその親に恩を着せて礼金をせしめ、自分たちが負担すべき費用に充てるなどといったことは、決して許しません」

宣言するや、顔を来合らに向け直す。

「来合さまたちには申し訳ないのですが、今私が述べたことをこの者らに確実に守らせるよう、お見届けいただきたいのです」

どうやればそのようなことができるのかと困惑顔になった来合の代わりに、裄沢がサラリと返事をする。

「承った――本日この者らが白状したことを書き記し、併せて今の小夜殿の要請を必ず守ると誓約した書面に血判にて署名捺印させましょう。もしこれを断ったり、あるいは約束を破って村田家などから金を巻き上げようとしたことが発覚したときは、即座にこの書面を持参の上、お目付へ訴え出ることと致します。

それからこの書面ですが、我ら町方で保存することと致します。どのようなものであれこの一件に関わる不審事が今後起こった際にも、同じ対処をすることをお約束させていただきましょう」

最後の一節は、伝蔵父子に聞かせるための述懐だ――もし小夜を襲っても自分の悪事を白状した書面は手に入らぬどころか、小夜に怪我ひとつさせても自らが破滅しかねないことになると、判らせるための言葉だった。

裄沢の意図をはっきり理解してのことであろう、小夜は「ありがとうございます」と深々と頭を下げた後、再び伝蔵らへ顔を向けた。

「これで七十両はあなた方がご自身で工面することになりましたな。それだけではなく、ご自分らが百人組に加えていただくための宴席は、改めて開かねばなりますまい。こたびの七十両に加えてさらなる費用のご捻出(ねんしゅつ)、せいぜいご自身の力でお気張りなされ」

「無論のこと、その金子(きんす)についても村田家などから出させることなどないよう、しっかり見張らせていただきますし、約束を破ったときの対処も間違いなく行わせていただきます」

打てば響(ひび)くように、裄沢はそう合いの手を入れた。

立ち上がった小夜は、伝蔵らへ視線を据えたまま吐き捨てる。

「晴れてお役を得られてようございましたなぁ。正当なる手続きでお役を得るところまでいった健志郎様がかような嬲られ方をしたところへ、横入(よこはい)りするようなやり方で上役に迷惑を掛けながら加わるそなた様方が、いったいどのような扱われ方をするものか。

そしてそなた様方には、健志郎様の肩代わりをする七十両に自分らがお開きになる宴席の費用も加えて、これから汗水垂らして返済なさっていくという苦労もおありになりますなぁ――まあ、せいぜいご苦労なされませ」

ひと言も返すことなくじっと頭を垂れたままだった伝蔵父子を見下ろしていた小夜は、顔を上げると廊下側の襖へと向かい、振り返ることなくそのまま座敷を出ていった。

　小夜が出ていった後、裄沢は見世の者を呼んでかねて用意させていた紙や硯を持ち込ませた。その場でこれまでの己らの行状と小夜への約束を書き記した書面を作らせ、父子に署名の上血判を押させる。すでに抵抗する気力を失っている伝蔵親子は、裄沢の指示に唯々諾々と従った。

　別室に待機させていた御用聞きから受け取った大小を伝蔵親子へ返すと、悄然とした二人は無言のままその場を去っていった。

「あの」

先に帰した伝蔵父子の案内に立ったのとは別の奉公人が、座敷に顔を出して裄沢らに声を掛けた。

「途中までご同席なさっていた女のお客様が、お顔を出したいとおっしゃっておられますが」

「帰(けえ)ってなかったのかい」

はいと頷く奉公人に、裄沢が「こちらへ」と応じた。

小夜はすぐに現れた。襖の前で膝を折り、裄沢と来合へ丁重に頭を下げる。

「このたびは本当にありがとうございました。伏して御礼申し上げます」

「あれでよかったのかい」

先々の苦労を思い知らせたにせよ、小夜が止(とど)めを刺すことなく伝蔵父子をあっさりと赦(ゆる)した幕切れに不満を覚える来合が、問いを発した。

小夜は、にっこりと笑って「はい」と応じた。

「私のやったことが健志郎様の意に適(かな)うのかどうかは、今となってはもう誰にも判らぬことにございますが、少なくとも我が願いは余すところなく叶えられてございます——ただ、そのためにお二方のお手をずいぶんと煩わせてしまったことについては、たいへん申し訳なく思っております。このとおり、心よりのお詫びを申し上げます」

深々と頭を下げた小夜をじっと見る。今の言葉が本心なのか、それとも亡き許嫁の家の今後を考えた処置で、心の内では無念を残したままの返答なのかは、裄沢にも読み取ることができなかった。

それでも、淡々と礼を述べた小夜がどこか悔しげな表情を押し隠しているような気がしたのは、ただそうあってほしいという、こちらの願望に過ぎないのであろうか……。

「まあ、そいつぁいいんだが……」

来合の合いの手も、どこか気が抜けて聞こえた。

九

それからひと月ほど後――。

仕事終わりで奉行所の建物を出た裄沢は、表門脇の同心詰所から出てきた来合とばったり出くわした。

「おう、お前も今帰りかい」

来合は珍しく「ああ」と気のない返事をしてくる。

「……どうかしたのか？」

「まあ、帰り道で話してこうか」

わざわざいつもの飲み屋で腰を据えて話すほどの重大事でもなければ、込み入ってもいない、ということであろう。来合がそのまま足を進めるのに、裄沢も続いた。

「北割下水に住まうあの小普請の娘のこったがよ」

内濠に架かる呉服橋を渡りながら、来合がポツリと口に出す。

「小夜って娘のことか」

自分らにすれば本業とは関わりのない骨折りで、すでに終わった話だったが、鮮烈な印象を残した一件であり娘であったため、すぐに名前まで思い出した。

「ああ——今度、大奥に上がることになったそうだ」

気の強そうな顔をしていたが器量は十人並み、将軍の側室候補としてお中臈になるということはなかろうから、家柄からしてもせいぜい下女奉公がよいところだろう。

「あの気性だし、手前の許嫁がどうなったか明らかんなって己が得心できさえすりゃあ、陰で悪さしてた野郎どものことなんぞどうでもいいって女だから、すぐに次の嫁入り先でも探してさっさと嫁いでくんじゃねえかと思ってたのによ。

どんな伝手ぇ頼ったのか、みんな手前でさっさと決めて、親が気づいたときにゃあ、もう覆(くつがえ)せねえほどの本決まりになってたとよ」

裄沢が手を引いた後も、来合は健志郎の後釜(あとがま)として村田家へ養子に入った若者や小夜の身柄などへの配慮を続けていた。そうした中で小夜の親とも交流ができたのは、この男の人柄からすれば自然なことなのだろう。

「そうか」

「あの娘の親が言うにゃあ、出家して尼寺(あまでら)へ入(へえ)る代わりじゃねえかって話でな。親が遅まきながらもどうにか説得しようとしたんだけど、全く聞く耳を持たなかったそうだ」

「まあ、あの娘が自分で決めたのなら、そうだろうな」

「さほどにあの健志郎って死人さんに未練があったたぁ、思えなかったんだけどな。あんなことがあって武家の嫁になるってことに幻滅して、他の途(みち)へ逃げたかねえ」

わずかに黙った裄沢が、ポツリと呟く。

「やっぱり悔しかったのかなぁ」

「?」

「いや、みんな終わって俺たちに礼を述べたあの娘が、どこか悔しそうな様子に見えたんだ」

「……そうだったか？」

「許嫁に未練を残してたってのは、お前に言われるまで俺も深くは考えなかったけど、たぶん本当にそうだったんだろうな――けどもしそうだとすると、幻滅して他の途に逃げたってえのは、もしかすると違うかもしれない」

「今言った、悔しそうだったって話かい――でも、それにしちゃあ死人さんの叔父貴父子をずいぶんとあっさり赦したように、おいらにゃあ思えたけどな」

「あの娘にとっちゃあ、死人さんの叔父貴父子なんぞどうでもよかったのかもしれない」

「？」

「あの娘がお前さんを無理矢理引きずり込むほどに執着したのは、何のためだったと思う？」

「そりゃあ、死んだ許嫁のためだろ」

「なら、あの娘にとって真の意味での仇は誰だ。許嫁の叔父貴父子が陰でいろいろ動き回ったのは、あくまでも許嫁が死んじまった後のことだったろ」

「……そう言われりゃそうだな――するってえと、あの娘が恨む相手は、百人組？」

「ああ、これから組内に入ってくる新参者に無理矢理宴席を設けさせた上で嬲り者にし、挙句の果てに憤死させた連中だろう。中でも、自分らのやったことをきちんと反省しないどころか、覆い隠して知らんぷりするため、許嫁の叔父貴父子を使っていろいろと小細工した高梨って与力だ。そんな組内の有りようをそのまんまに放っぽらかしとく組頭だって、同罪だと思ってるかもしれないがな」

裄沢の話に得心するところのあった来合は「そうか」と頷く。

「けど、俺たちを巻き込んでできる限りのことをやっても、手が届いたのは許嫁の叔父貴父子までだった。

高梨や組頭には、何をどうやったって届かない。たとえお目付に訴えたって、許嫁は誰かに手を掛けられたんじゃなくって勝手に憤って死んだんだからな。宴席で何があったかは百人組の組屋敷の中での出来事となりゃあ、何の証も立てられはしない。

いざとなったら、己らの組の不始末が明るみに出るのを嫌う組頭が揉み消してしまうだろう——あの娘には、そんな先まで見えてたんじゃないか」

百人組の組頭は三千石格。お役として旗本の頂点と言われる町奉行と同格である。番方（武官）としては顕職に相当し、それに見合う権力もあった。

こたびの一件には幕府が気を遣わねばならぬような大物は直接に関わってはおらず、衆目を集めるほどの大騒ぎになったわけでもない。万一お目付まで訴えが出されたとしても、この程度の不祥事を揉み消すのはさほど難しいことではなかったであろう。

「あの娘の狙いには、たぶん百人組二十五騎組の組頭まで入ってるんだろうな」

「ええと、それで大奥に上がるって話になるのか？」

「あの娘の家柄がどうかは知らないが、俸禄百俵の小普請のところへ嫁ぐはずだった同じ小普請の子となれば、そう大した後ろ楯があるとも思えない。どう考えたって、初めは下女奉公からだ」

裄沢よりは小夜の家のことを知っているはずの来合も、「まあ、そうだろうな」と認めた。

「けど、あの娘がいつまでも下女のままでいると思うか？　――死人さんの叔父貴父子と渡り合ったあの肝の据わったやり取り見てて、俺は本気で舌を巻く思いをさせられたぜ」

当人が「やれる。是非やらせてほしい」と強く主張したことから任せた役割だったが、結果は期待を大きく上回る出来だった。前の冬、知り合いの備前屋に頼み込んで、悪行を疑われる人物の口を割らせるための大芝居を打ってもらったことがあったが、その際の備前屋による迫真の演技にも負けぬほどの堂々たる押し出しだったと思う。

　年齢と、白刃を前にしてすらいささかも臆するところを見せなかった度胸からすれば、むしろ押しも押されもせぬ大商人の備前屋よりも上だと評せるかもしれない。

　そして、「領分違いだ」と取り合わなかった強面の来合を、ついには動かしたあの根気強さと説得力……。

「これから奉公してそのまんま大奥に残ったとすると、最初は下働きからでも、あの利発な娘が本気になりさえすれば、大立者のお気に入りになることもそう難しくはないんじゃないのか。

　五年先、十年先にご老女様（幕閣なら老中に相当する役職）の右腕になってたとしても、俺は全く驚かないけどな」

　裄沢の話を聞いた来合は、考える顔になった。

「……なるほど、そうかもな——するってえとあの娘は、武家の嫁になる途から逃げたってえより、女じゃなきゃできねえ出世の途を選んだってことか」

「考えてみな。ただの小普請の娘じゃあどうしようもなくても、ご老女様の片腕になったら、いろいろとできることがあるんじゃないか」

「いろいろと……」

「もし将軍御成に御台（ご正室）様が同行なさるときがありゃあ、ご老女様の右腕になったあの娘は、警固の任に就く百人組まで手が届くかもしれない」

「五年先、十年先を見据えた仇討ちか……けど、ホントにそんな機会が巡ってくるかも判らねえんだぜ」

「確かにずいぶんと迂遠な話だな——でもよ、もしお前さんなら、百人組二十五騎組の組頭やその配下の高梨って与力の立場に、自分が取って代わりたいと思うかね？」

宙を見上げて何かを想像した来合は、ブルリと体を震わせた。

「もしおいらだったら、とてもじゃねえが御免蒙りてえな」

もう春も終わりだというのに、来合は急に寒気を覚えたかのごとく襟元に手をやる。

裄沢は空を見上げた。

これから大奥に上がるとすれば、もうあの娘と会うことはないだろう。

――今から何年か先、百人組が大奥から苦情を寄せられ右往左往しているという噂が、この耳に入ってくることがあるだろうか。

その顔つきから察せられるのは気の強さばかりでも、内側には消え去ることのない一途(いちず)な想いをしっかりと抱えた娘を、裄沢は心の中で秘かに応援した。

第二話　痴情の死

一

　裄沢と来合の手を借りた娘が許嫁の死の真相を暴き出してから半月ばかり日が経ち、暦は如月（陰暦二月）も中旬にさしかかってからの出来事だった。

　場所は江戸城の西方、外濠より内への敵の侵入に備えた四谷御門からは西南西へ数町も遠ざからぬうちに、大小の寺がいくつも寄り集まっている場所がある。その一画、集合する寺院の群れの南端近くを東西に貫く道が一本通っていた。

　道の左右の寺院を含めて、ここら一帯を四谷南寺町と言った。

　すでに春の彼岸の時期が迫っており、寺が並ぶばかりでいつもは静かなこの通りも、早めの墓参りの往き帰りであろう人々が幾人もすれ違っている。

　そこへ、着古して汚れた衣を纏った僧形の男が一人通りかかった。男は髪の伸びかかった坊主頭で、見た目は四十過ぎほどか、頰はこけ、破れかけた古布子から突き出された腕も足も棒のように細い。あるいは本当の僧侶ではなく、願人坊主などと呼ばれる僧侶の格好をした物乞いなのかもしれなかった。

桜の蕾が膨らみ始める季節も近いとなれば、吹く風も温気を運んでくる。当然、物乞いと変わらぬような姿の坊主の周囲には、それなりの臭気が漂っているのであろう、ゆっくりとした足取りの坊主と行き合わせ、あるいは抜き去ろうとする者は、皆が大回りをして坊主を避けながら足を進めていく。

坊主自身は、そんな周囲の様子に気がつかないのか、あるいは気にも留めていないのか、どこを見つめるでもなくただ前を向いてのんびりと歩いていた。

顔を顰めながら小汚い坊主を追い越した男が、不快なものから目を背け、視線を前に移してハッとした顔になる。早めようとした足が、そうはならずにむしろ速度を落としてしまった。

己の前からやってくる者に、目を奪われてしまったのだ。

道の向こうからやってくるのは、上田縞の小袖に青梅縞の綿入れを重ねた、三十路は過ぎたかと思われる、大年増ながら目にした男どもに思わず唾を呑み込ませるほどの婀娜っぽい女。

見たところ手ぶらで墓参りとも思えぬ格好であり、気のせいかとも思われるわずかな笑みを口元に浮かべて、しゃなりしゃなりと歩を進めてくる。向かってくる男どもが自分に目を奪われ、すれ違いざまに振り返るのを気にもせず、真っ直ぐ前を向いて歩いていた。

やがて、物乞いと見紛う坊主と婀娜な女が、それぞれ道の端と端を行き違おうとする。

すると坊主は、まるで色香に迷わされたように進む方向を曲げて女のほうへ近づいていった。

女に気を取られていたのが半分、皆が目を逸らすような坊主の足取りがあまりにも自然だったのが半分で、周囲が気づいたときには坊主は道を塞ぐように女の前に立っていた。

全くかけ離れた二人ながら、女は怖がる様子もなくただ足を止める。

坊主が何か言い、女がひと言ふた言答えた。

二人のやり取りする声があまり大きくなかったこともあり、春の突風が周囲の者の耳から発せられた言葉を遮った。

ごく穏やかに話す二人の様子に、身構えていた周囲の者が肩の力を抜いたとき、それは突然起こった。

坊主がいきなり女の肩を摑むと引き倒し、馬乗りになったと思ったときには懐から抜き出した小刀を力任せに女の喉に突き刺したのだ。

「なっ！」

あまりの出来事に周囲が固まっている間に、小刀は二度、三度と閃く。

もう力尽きていたのか、女からは声も上がらない。

小刀を持ったまま振り上げた坊主の右手を、慌てて駆け寄った男が押さえたときには、血塗れになった女はすでに力なく横たわっていた。

さらに多くの者が駆け寄り、坊主は女の横に転がされて数人の手で地べたに押さえつけられる。その間中、眦を吊り上げ鼻息荒く歯を食いしばる坊主は、ひと言も喋ることなく全くの無言だった。

惨劇の周囲では次第に大声が行き交うようになる。

「役人を呼べっ」

「それより医者だ！」

「斬られたお人を運ぶぞ、戸板を持ってこい」

周囲に寺が並ぶ閑静な場所で、突然の惨劇に全ての音が消えたかのような静寂がその場を包んだ後、皆が気を取り直したとたんに一瞬で大騒ぎになった。

知らせは南寺町の東側に隣接する町人地、鮫ヶ橋谷町の番屋に届けられ、そこから定番が町方役人を呼びに走り出した。

廻り方がその日にどのような順路で市中巡回するかは事前におおよそ判っているから、それを頼りに当て推量で今の刻限にいそうな番屋へ駆けつけて、もう来た後かまだ来ていないかで行く先、これから来る道のどちらかへ順路を辿っていけば、行き違いになることなく相手と行き合えるのだ。

この年如月の月番は北町奉行所。急報は巡回中だった北町の定町廻り・藤井喜之介に伝えられた。

「人殺しだって？」

遅れて駆けつけた臨時廻りの筧大悟が、鮫ヶ橋谷町の番屋に顔を覗かせ、中で難しい顔をしていた藤井に問うた。南寺町での刃傷沙汰があってから一刻（約二時間）近く、藤井が現場に駆けつけてからでも半刻以上経ってからのことだ。

北町奉行所で待機番をしていた筧は一件の急報を受けてからすぐに四谷へ向か

ったのだが、城東にある町奉行所からほぼ反対側の四谷まで、知らせの男がやってくるのも筧が現地へ向かうのも、江戸城の縁をぐるりと回って目的地に行き着くのにそれだけときが掛かったのだった。

番屋の辺りはいつもより人の出入りが多く、外にも野次馬が集まっているなど、いまだ刃傷の昂奮が収まっておらず騒然としていた。

「ええ。幸いおいらがやってきたときゃあ、咎人はすでに取り押さえられてましたけどね」

藤井の視線を辿れば、薄汚れた身形の坊主が縛られたまま大人しく蹲っている。坊主を縛る縄は、壁に据え付けられた鉄の輪に括り付けられ坊主の行動を制約していたが、それがなくとも逃げるような意志は全くないように見えた。

坊主は落ち着いた顔をして、ただ静かにこれから己が為されることを待っているようだった。

坊主のいるところとは反対側の、土が剝き出しの床に、中央が縦に長く盛り上がった筵が敷かれている。

筧は筵の前まで足を進めて手を合わせてから屈み込むと、盛り上がりの高い方の端をそっと捲り上げて中を覗き込んだ。

すでに息のない女の顔色は作り物のように真っ白だったが、首や襟から胸元にかけてこびりついている乾いて赤黒くなった血と、なにより喉元の無残な傷が、なされた惨劇をありありと物語っていた。

視線を感じた筧が坊主のほうへ目を向けると、この凶行を行った当人は、感情の籠もらぬ目で無言のままじっと女の亡骸を見ていた。

筧も、坊主には何も話し掛けない。

筵を戻して立ち上がった筧が、チラリと目顔で藤井に誘いかける。

同意した藤井が番屋の外に出ると、筧も後に続いた。二人は、自分らの話を咎人に聞かせないために距離を取ったのだった。

藤井と筧は番屋の裏手に回る。藤井が威嚇するように周囲を見渡したが、野次馬の中にお上の御用の邪魔をするほどものごとをわきまえない者はいないようで、皆が二人には近づかぬように節度を守っていた。

「で、ことの経緯は」

筧の問いに、藤井は自身の小者やところの御用聞きとその子分どもが聞き込んだ話を伝える。

藤井自身話をしながら、この一件の奇妙さを改めて感じていた。

「あの有り様だと、女はどうしようもなかったみてえだな」

「周囲が気づいて取り押さえたときにゃあ、すでに息がなかったようで。金瘡医（外科医）も駆けつけたけど、そんときゃあもう冷たくなってたそうですよ」

凶行には目撃した者が多数いて、手を染めた男は現場で取り押さえられている。誰が咎人かは疑うべくもなく、その罪状も明らかだった。

　寛は、自分が現れたとき難しい顔をしていた藤井に問い掛ける。その表情が、単に深刻な事態が起こったことを憂いているだけには見えなかったのだ。

「で、今は押し黙ってるようだけど、あの咎人の坊主は何か話したのかい」

　藤井が答えたのは、溜息を一つついた後のことだ。

「あの男に『どうしてこんなことを』と問いをぶつけた者によると、女は自分の女房で、自分が他国中（国境を越える長期の旅行や出張中）に仲間と密通してたから刺したってことだそうで」

「おいらは死に顔しか見ちゃいねえけど、あんだけ色っぽい女が物乞いと変わらねえような貧相な坊主の女房だって？」

　寛は信じられぬとばかりに首を振った。

「坊主が周囲にいた者に取り押さえられてる間のやり取りですから他にも大勢が

耳にしてますけど、当人がそう言ってるだけで、おいらも鵜呑みにしてるワケじゃありませんけどね」

　難しい顔をした藤井はさらに続ける。

「オマケに、もし坊主の話がホントだとすると、あの二人の様子の違いから考えて、女は坊主の仲間と逃げてそれなりにいい暮らしをしてたのに対し、坊主のほうは食う物もろくに食えねえような思いをしながら探し回って追っかけてたってことでしょう。

　けど、見てた者が言うにゃあ、西の方角から歩いてきた女は、自分のほうへやってきた坊主がちゃんと見えてたはずなのに、逃げる素振りどころかあたふたしたような様子もなかったそうですよ。

　坊主が目の前に立って何か話し掛けてきたのにも、ごく当たり前のように応えてたそうで」

「ずいぶんとしっかり見てた野郎がいたもんだな」

「おいらも今のあの死に様しか見ちゃいませんけど、そんだけ人の目を惹く女だったってこってしょう——まあ、死に顔からだけでも、頷けるとかぁありますからね」

「そんだけいい女が、あんな坊主とな……とっても信じられねえが、話をしたときの様子からは、知り合いだったってえのは嘘じゃなさそうだな」

「どうでしょうかね。見ず知らずの物乞いが寄ってきても、動じることなく応対できるほど肝の据わった女だったのかもしれませんしね。

坊主と向かい合うより前のこってすけど、周りの野郎どもが振り向いたりジロジロ見たりしてくんのに当然気づいてたはずなのに、恥ずかしげな様子なんて一つもなくて、己の女っぷりを見せつけるように堂々と歩いてたようですしね」

「……その辺りのこたぁ、坊主は何て言ってんだ？　己の名や住まい、女の名なんぞは」

「それが、問いに答えたのはその一度っきりで、何を思ったかその後は黙り決め込んじまいまして。さっき言ったこと以外は、誰も何にも聞いちゃあいません。おいらがものを問うても、あのとおりの有り様ですから。ずっと口を閉ざしたまんまですよ」

「……女の今の住まいは」

藤井は首を振る。

「殺しのあった場で話を聞いた連中にも、ここいらを取り仕切る御用聞きや子分ども、それからこの番所に詰める町役人にも、知ってる者はいませんでした」

「まあ、この辺に住まいするような身形でも器量でもなさそうだからなぁ」

と、筧も藤井の返答にいちおうの納得を示した。

南寺町や鮫ヶ橋谷町の一帯は起伏が多く、周囲にはいくつもの名のついた坂がある。そんな住みやすいとは言えない場所だからか、鮫ヶ橋谷町は人気（風紀、風俗）がよいとはあまり言えない町だった。

この地にも岡場所はあったが、決まりの値はなく、女郎が客を値踏みして相談の上で値決めをするような、場末も場末といった有り様のところだったという。

「ともかく咎人は上がってんだ。大番屋へ引っ立てて吟味方に任せりゃあ、入牢証文はすぐに出るだろ」

筧の判断に、藤井も異論なく頷いた。

二

それから何日か後の北町奉行所。すでに夕刻となり、外役の町方もほとんどが奉行所に戻っている。

奉行所表門に連なる同心詰所の一画では、伝達事項のやり取りや必要情報の共有といった、本日出仕している定町廻りと臨時廻りの全員が集合しての打ち合わせを終え、今は解散前の雑談に移っていた。

「藤井さん、なぁに一人だけシケた面ぁしてやがんだ」

後は帰るばかりとなり、皆がひと息ついている中で一人だけ渋い表情をしている藤井へ、臨時廻りの柊壮太郎が声を掛けた。

「いやあ、藤井さんは面倒な仕事がどうにも片づかなくってね」

柊と同じ臨時廻りの筧が、藤井に代わって答える。藤井は筧に非難の目を向けた。

「そんな筧さん、他人事みてえに……」

話を引き取ろうと定町廻りの入来平太郎が口を挟む。

「面倒な仕事って、物乞いの坊主が女を殺したって一件かい」

「でも、咎人だってなぁ明らかで、もう吟味方に引き渡した後なんだろう？」

続けて問うた定町廻りの西田小文吾に、藤井が仏頂面で応じた。

「ああよ、もう入牢証文も出て牢屋敷送りも済んでるんだが、調べのほうがいっこうに進まねえようでね」

「何そんなに手こずってんだい」

「あの坊主、見掛けによらず強情で、最初に話したこと以外は叩こうが石ぃ抱かせようが何も喋らねえってんですよ」

　それを受けて寛が続ける。

「いくら責めても吐きゃあしねえってんで、『詮議の取っ掛かりにしてえから何でもいいんで、坊主でも死んだ女の関わりでも、とにかく判るこたぁみんな拾ってきてくれ』って吟味方から頼まれてんだけど、どうやらそれがさっぱりらしくてね」

「坊主のほうはあんな様子だから流れ者でも無宿でもおかしかねえが、女のほうの身元もいまだに判らねえのかい」

「ええ、四谷界隈だけでなく千駄ヶ谷や新宿、市谷、それに立花さんにも手伝ってもらって赤坂のほうにまで手ぇ広げて当たらせてんですけどね、ナンの手応えもなくって……」

「藤井さんはおいらのことぉ他人事みてえだって言ったけど、どうせ御用聞き連中を走り回らしてんだ、もう一人町方が加わったって、何の役にも立ちゃあしめえよ」

と、入来、藤井、筧がやり取りをする。

「それにしたって冷てえんじゃねえですかね」

藤井は恨みがましく筧を見た。今度の一件もそうだが、筧は臨時廻りの中でも藤井と組むことが一番多い男なのだ。

それまで黙って聞いていた臨時廻りの室町も口を開いた。

「藤井さんよ、お前さん、このところ面倒ごとと関わんのがちぃっと多いんじゃねえのかい。一度お祓いでもしてもらったらどうだ」

「そういや、去年の新米どもの一件も藤井さんとこの騒動でしたね」

西田が相鎚を打ち、藤井は縁起でもねえと首を振る。

「よしてくださいよ、おいらはまだ本厄ってえ歳じゃあねえんだから」

「あれっ、お前さんそういやあ、今年で四十二じゃねえかい？　なら、大厄だ」

「するってえと、あの新米どもの一件のときゃあ四十一の前厄かい。こりゃあお祓い本決まりだな」

筧と柊の掛け合いに藤井が反論する。

「だから、よしてくださいって。おいらはまだ四十にもなってませんよ」

「ええ？　お前さん、鯖読んでんじゃなくって？」

「たとえ飲み屋の小女相手だとしたって、二つや三つ鯖読んだところでなんの意味があるってんです。ましてや筧さん相手にそんなことしたって、一文の得にもなりゃしませんや」

「だったらもうちょっと鯖読んでんじゃねえのか――あっ、お前さんひょっとして今年三十七かい。それで本厄で去年が前厄と」

「ちょっとちょっと、おいらはいつから女になった（三十七は女の厄年）ってんです？　この間おいらは、湯屋（銭湯）で筧さんと一緒になりましたよね？」

「んなもん、ご改革（松平定信が主導した寛政の改革）の前までは八丁堀の湯屋も入込（男女混浴）だったんだ。それによ、どうせおいらたちが入んなぁ、女湯じゃねえか」

いわゆる『八丁堀七不思議』の一つに、「女湯の刀掛け」というものがある。

江戸の庶民は燃料代を節約するために、一日分の飯を朝一度に炊いてしまう。必然的に、おかみさん連中は朝が一番忙しいということになる。芸者衆などは朝に湯屋に行くが、夜の酒食の賑やかしが仕事であるため起床も遅くなるから、入浴も早朝というよりはもっと午に近い刻限になる。

一方で男湯はというと、見習いから隠居手前まで、働いている者らは一日の汗を流すために仕事が終わってから湯屋に行く。子供らの場合は、午前(ひるまえ)には手習いへ行き昼飯を食べた後の入浴が一般的だ。ところが朝の早い老人たちは、湯屋が開くのを待つように朝一番から足を向けるのが習慣になっていた。

そこで八丁堀の与力同心は、一番空(す)いている早朝の女湯のほうを特権的に使用するようになったことから、八丁堀の湯屋では刀を腰に差さない女の風呂場にも刀掛けが置いてあると謳(うた)われるようになったのが「女湯の刀掛け」の由来だった。

芸者衆でも朝の早い者は、町方の与力同心(はっちょうぼりのだんな)が中にいようが気にもせずに全裸(すっぽんぽん)で入ってきたというのが、藤井を女に見立てた先の箕の科白(せりふ)につながっている。

なお、男湯と女湯の間は仕切られていても、仕切り板は湯船の途中までで下はつながっており、両方同時に温められるようになっている。これも燃料代の節約のためという意味もあっただろうが、もともと入込だった湯船の改造を最も安く工期短く済ませたから、という湯屋も多かろう。

ちなみに、風紀の乱れに厳しかった定信によって禁止された男女混浴は必ずしもきちんと守られたわけではなかったが、さすがに町方役人の住まいが蝟集(いしゅう)する八丁堀で、堂々と御法度を破る湯屋はなかった。

筧の揶揄(からか)いに藤井が抗議する。

「それだって互いに裸は見てるでしょ」

「あんなとこ湯気ばっかりで、ろくに何も見えやしねえや——あっ、そういやお前さんの尻は、案外色っぽかったよなぁ」

「何言ってんです、筧さんは男色の気(そっちのけ)があったんですか。おいらは御免ですから、今度から湯屋にゃあ付き合いませんよ」

「あれっ、日ごろよくお前さんの仕事を助(す)けてるおいらに対して、ずいぶんと冷てえじゃねえか」

仕事終わりの雑談とはいえ、業務上の苦労から始まった話がずいぶんとグダグダになった。

その日は、「藤井の厄落としでみんなで一杯」ということに話がまとまり、全員一緒に奉行所を後にした。

それからさらに二日後の夕刻。

この日は、いつもの蕎麦屋兼業の一杯飲み屋の二階座敷に、室町や藤井と対座する形で裄沢の姿があった。

「珍しい組み合わせですが、お二方が俺に何か？」

どうして呼ばれたか判らない裄沢が率直に問う。

藤井が自分のほうへ顔を向けたのを感じた室町が、「とりあえずまあ、聞いてくれや」と話を始めた。

室町が語ったのは、四谷南寺町で起きた女殺しの一件である。

室町が語るのを黙って聞いていた裄沢は、それが終わると疑問を口にした。

「そのお話は、さすがに俺の耳にも入ってきました。しかし、入牢証文も もう出ていたはずですし、その上で用部屋手附の俺に何か相談事ですか？（入牢証文の発行は、裄沢ら用部屋手附同心が執務する御用部屋が担当している）」

「いや、用部屋手附の仕事の上で、ってえ話じゃねえんだ」

「？」

「こいつぁ、裄沢さんだからの折り入っての頼みごとなんだが」

「俺だから、ですか」

不得要領（ふとくようりょう）な顔をしている裄沢のほうへ、室町はグイッと身を乗り出した。

「ああよ。来合が怪我したときに、お前さんは臨時で定町廻りの代役を勤めてくれたよなあ」

「あの折は、本当にお世話になりました」

もともと来合と組む機会の多かった室町が、そのまま裄沢に付いて慣れない仕事の補助をしてくれたのだ。

「いいや。あんとき世話んなったなぁむしろ、おいらのほうさ。なにしろお前さんはホンのふた月かみ月ぐれえってえ、慣れる間もねえほどの短い間しかあのお役に就いちゃいなかったのに、おいらも舌を巻くほどの大活躍を見してくれたからなぁ」

「大袈裟(おおげさ)ですよ。それに、俺のやったことの半分以上は、陰で手先となって助けてくれた者がいたからですし」

裄沢が言及したのは、かつて北町奉行所の小者であった三吉(さんきち)という男のことである。奉行所内で犯した罪をお奉行に目こぼしされた三吉は、その一件に関わり合ったというだけの裄沢にもなぜか恩義を感じたようで、自ら名乗り出て懸命に探索の手助けをしてくれたのだった。

ただし、いまだ町奉行所に負い目を感じている三吉のために、今のところ裄沢はその存在をはっきりとは明かしていない。とはいえ、室町あたりはそれが誰のことか、薄々察している気配はあるのだが。

そんな便利な者がいたのかという顔の藤井に口を挟ませず、室町が言う。

「いや、定町廻りをやってた間だけのこっちゃねえぜ。お前さんが用部屋手附に戻った後の、関谷さんの娘が拐かしに遭った一件でも、陰に潜んでる海賊のことを見事に見通してたからな」

関谷さんの娘というのは、裄沢の隣家に住まう茜のことだ。裄沢への意趣返しで拐かされた茜をどうにか救け出すことができたのだが、これを実行したと思われる商家の背後に海賊らしき無法者どもの陰がチラついていたのだ。

「それは買い被りすぎです。結局逃げられてしまいましたから、本当に海賊だったかどうかは判りませんよ」

一味は、拐かしを指図したと思われる商家の主を殺害してそのまま姿を消していた。

「別に逃げられたなぁお前さんの失敗りじゃねえし、あそこまでで連中を追い詰められたなぁ、お前さんの眼力があったからだ。

そこでだけどよ、また一つおいらたちに、知恵ぇ貸してもらいてえと思ってな」

ずいぶんと持ち上げてきたから何の魂胆かと思えば、そういうことらしい。もともとは藤井が抱える一件だろうが、裄沢の合力を得るには室町を頼ったほうが話が早いということでこの組み合わせになったのだろう。

室町が頼んできた後に、藤井も殊勝(しゅしょう)に頭を下げてきた。

「裄沢さん。頼まぁ、このとおりだ――吟味方が咎人の坊主を詮議に掛けちゃいるが、なにしろ強情な野郎で責め問いにもいっこうに口を割りゃあしねえ。こっちも何か手掛かりはねえかといろいろと当たってんだが、咎人の坊主についても、殺された女についても、どこの誰かすら判明しねえで困ってんだ」

「もう咎人の身柄は吟味方に渡してるし、大勢の者に見られてた中での凶行ですから、これ以上ないほどに罪状は明らかでしょう。ならばすでに廻り方の手は離れているし、吟味方としてもお裁きに支障は出ないのでは？」

裄沢の指摘に室町は溜息をつき、藤井は苦い顔になる。

「そいつはお前さんの言うとおりなんだが、このまんま終わりにすんなぁどっか尻の据わりが悪くてよ」

「吟味方からも、何か追加で判ったこたぁねえかと、たんびたんびに催促(さいそく)が来てなぁ」

室町、藤井の順に愚痴が零(こぼ)れた。

「……室町さん以外の臨時廻りの方々には」

「もちろん、寛さんはじめみんな話ゃあ聞いてくれてるけどよ、こいだけいろいろ探っても何も出てこねえとなると、もうどう手をつけていいかすら誰も判らねえような有り様でな」

「そういうときは、本来なら年寄同心詰所に相談に行くべき案件ですよね。あそこはそのための知恵袋なんですから」

ここで言う年寄とは、町方同心の職階・職級に相当する役格で最上位に位置する者のことである。年寄と、それに準ずる役格である増年寄、年寄並といった者らが輪番で詰める先として用意された部屋が、年寄同心詰所だった。

町方同心としての長い職歴と、年齢に相応する有用な経験の持ち主であることがここまで上り詰める条件であり、奉行所内部に限らず町家からも、解決が困難な相談事が持ち込まれる場所であった。

「あんなとこに話を持ってっても何の足しにもならねえことぐらい、お前さんなら十分判ってんだろう」

室町が呆れたように言う。

年寄同心は町方同心として最上級の役格ではあるが、同心たちを取り纏める幹部的な立場というよりも、むしろ隠居間際の閑職に近いという側面がある。だから年寄同心詰所の主な業務は、処刑や処罰の立ち会い、厄介で込み入っている相談事への対処といった、緊急性や重要性がさほど高くないものとなっているのだ。

実際、室町あたりは年齢にせよこれまで積み重ねてきた経験にせよ、少なくとも年寄並ぐらいにはなっていて全くおかしくはないのに、いまだその役格には至っていない。もし室町が内与力などからそうした打診を受けたとすれば、喜んで応ずるどころか、むしろさっさとお役を返上して隠居してしまおうとするのではなかろうか。

「まあ、このごらぁ誰かさんから逆捻じ喰らわされたこって少しゃあ大人しくなって、前よりゃずいぶんとマシになったようだけどな」

まるで当て擦るように付け加えた。

「そうですか。そう言えばいつだったか、内与力の唐家様が釘を刺しに行った様子がありましたから」

裄沢は室町の「逆捻じ」という言葉を無視して、しゃあしゃあと返した。

何か言わんとした室町だったが、途中で諦めたのか、開けた口をそのまま閉じた。

今のやり取りの意味が判らぬ藤井は、二人を見比べるばかりである。

三

室町と藤井の二人に期待の目で見続けられた裄沢は、とうとう諦めて持ち掛けられた相談事への対処に向き合うことにした。

特に室町には日ごろからお世話になっているし、それ以外でも臨時の応援で定町廻りに就いていた当時は、ごく一部の者を除いて廻り方の皆によくしてもらったから、もともと力になること自体に抵抗を感じていたわけではない。

ただ、このごろ己の職分から離れた頼られ方をすることがずいぶんと増えた気がして、どこか居心地の悪さを覚えていたのだ。

とりあえず、話を聞いていた中で浮かんできた疑問をいくつか並べてみる。

「こたびの一件については、咎人も殺されたほうもいっさい素性が判明していないとのことですが、殺しのあった現場以外では、この二人のうちいずれかを見掛けた者も見つかってはいないということですか」

「ああ。坊主のほうは鮫ヶ橋谷町の表通りを歩いてるとこを見た者ぐれえは何とか見つけたけど、それより前はさっぱりだ。とはいえ、あんな薄汚え坊主なんぞまじまじと見て憶えてるような者ぁまずいねえ。一方で、坊主の格好した物乞いなんぞ、あの野郎に限らずそこいら辺を探しゃあいくらでもいるからなぁ。そうかもしれねえ野郎を見たっていう者でも、確かにあの坊主だと断言できるほどじゃあねえし、そんな不確かなもの言いを全部本気にしちまったら、あの坊主が五人も十人もいることとんなるってえ有り様さ。

　その上女のほうとなると、話ぃ訊く相手を探すとっから、全然上手くいっちゃいなくてな」

　外役を含め、これまで様々なお役をこなしてきた――厄介者扱いでいろいろなところを盥回しにされてきた、とも言うが――裄沢だから、江戸城の西側についてもそこそこ土地鑑はある。

　あの辺りは南寺町の北部に北寺町という、やはり寺院ばかりが集まった土地があり、その間から南寺町の東側をぐるりと囲むように鮫ヶ橋谷町などの町家が並んでいる。それらの外縁部となると、北側の甲州街道に沿って町家が貼り付いている以外はほとんど武家屋敷ばかりで、後は寺や小さな町人地がわずかにあるだけなのだ。

武家地には、町人地の番屋（自身番）の代わりに辻番所が置かれているのだが、旧来はその地に住まう武家が自家の家来などの奉公人を入れて運営していたところ、この物語の時代には経費節減のために町人に請け負わせることが横行するようになっていた。

しかも南北の寺町周辺にあるのは微禄な御家人の組屋敷ばかりだから、組合辻番といって周辺の武家が共同で費用を負担するようなものしかない。賃金も安いためにそれ相応の者しか雇い入れられず、みんな人任せで雇い入れた者をしっかり管理する人物もいなかったため、雇われた者はまともに周囲の見張りもせずに中に籠もって博打を打っているような手合いが多かったのである。

廻り方や御用聞きが聞いて回っても、きちんとした返事が得られるほうが希少といった有り様だった。

「その、咎人の坊主と覚しき者が鮫ヶ橋谷町の表通りを歩いていたときですが、どの辺りをどの方角へ向かっていたのでしょうか」

「北寺町のほうから南へ下ってるとこだったようだな」

「するとやはり、竹町（四谷御門から真っ直ぐ西へ向かう大きな通りの俗称）

のほうからやってきたのでしょうか」

「はっきりとは言えねえが、そう考えるのが普通だよな。けどその辺りで聞き込みしても、さっき言ったような曖昧な話しか出てこなくて、さっぱりでよ」

裄沢は今の話を頭の中で吟味した後、話柄（わへい）を変える。

「流れ者か無宿のような坊主はともかく、女の住まいも判らないままだということですよね」

「ああよ、誰かいなくなったとか、そんな届けも出てねえな」

「宿は？」

藤井は少し考えてから返答する。

「どんな宿かにもよるが、坊主のほうが泊まっててもおかしかねえってえほど粗末な木賃宿（きちんやど）（自炊前提で素泊まりするための宿）――上方（かみがた）のほうだとぐれ宿（やど）っつうらしいけど、そういうとこだとまず期待はできねえよ。

女が泊まってたとしたらもっとずっとまともなとこだろうけど、荷物置きっ放しで帰（けえ）ってこねえってんなら別だが、宿代きっちり払ってた上に捨ててってもいいような物しか残さねえで勝手に出てったんなら、届けは出さねえかもしれねえしな」

今度は裄沢が、多少の黙考の後、自分の意見を述べた。

「殺された女は特に荷を持つでもなく、旅姿でもなかった。さらに着ていた物がきちんとした衣服となれば、数日着の身着のままだったということもない——確実に、どこかに住まいがあったということになりませんか」

「それは……そう考えるのが順当かね。でも、いずれにせよいまだそんな所ぁ見つかってねえし」

だから違うのではという表情の藤井と、すでに何か思いついたんじゃねえかという顔をしている室町。

「物乞いのような汚い身形の坊主と、誰もが振り返るような婀娜っぽい女。凶行の後に坊主が語ったことによれば、女は坊主の他国中に仲間と密通した。しかも、坊主はそこまで語りながら己についても女についても、身元どころか名前すら明かさぬ……」

裄沢は、これまで知ったことを呟きながら、視線を落として考え込んだ。

室町と藤井は息を詰めて見守る。

しばらくして、ようやく裄沢が顔を上げた。期待する顔の二人を順に見渡しながら口を開く。

「残念ながら、判っていることがほとんどない以上は、こうに違いないとか、おそらくこうであろうなどと言えることはありません」

　裄沢の言葉を聞いた二人に、落胆の表情が浮かぶ。まあ、裄沢から指摘されたように手掛かりとなるべきものをほとんど提供できていないくせに、これでどうにかしろと言うほうが無理だとは判っていたのではあるが。

　しかし、裄沢の話には続きがあった。

「ただ、もしかするとこういうことはあり得るかも、ぐらいなら言えないこともありません」

「それは？」

　聞かされた二人にまた期待の色が浮かぶ。

「まずは前提です――取っ掛かりとなりそうなものは、ほとんどない。ならば、『坊主がわずかに語った話が真実ならば、どういうことが考えられるのか』、というところから考量（こうりょう）していかざるを得ません」

「……まあ、坊主が言ってることも全部嘘だったとなりゃあ、それこそただの一つも手掛かりナシってことだからな。こんだけ材料が揃（そろ）わねえ以上は、そんな決めつけでもしなきゃあ仕方ねえかもしれねえな――けど、そんなことして何か意味があんのかい。あんな物乞いみてえな坊主と、死んでからでもあれほどいい女、しかも綺麗に飾り立ててた女が、夫婦かどうかは知らねえが昔はいい仲だったなんて言われても、おいらだけじゃなくあの場にいた連中は誰一人として、信じちゃいなかったぜ」

藤井が呈した疑念へ、裄沢は静かに返した。

「もし咎人である坊主が出鱈目を言っていたというほうを前提にするなら、藤井さんが言ったようにもうお手上げです――取っ掛かりが本当に何もなくなってしまいますから」

室町も口を出す。藤井と同じような考えでいたから思いつきもしなかったが、裄沢から指摘されたことに改めて頭を巡らせば、今まで目に入ってこなかったものが見えてきた思いだった。

「いや。裄沢の考えはあながち間違ってるたぁ言えねえと、おいらも思う――もしあの坊主が、有ること無いこと口にしてたとか、妄念に取り憑かれて真実じゃねえことを譫言みてえに吐き散らしてたなら、どうして今は黙り決め込んでるんだ？　あいつぁ今、吟味方に責め問いまで受けてるんだぜ。それこそ苦し紛れに口から出任せ並べてたっておかしかねえじゃねえか」

「だったらなんで、捕まったときだけ少し話して、後は口を閉ざしたまんまなんですか」

「そいつをこれから裄沢が解き明かしてくれようってんだろ」

ついで向けられる二人の視線に、裄沢は苦笑を返す。

「さっきも言いましたけど、『おそらくこうだ』なんて話はできませんよ。俺にできるのは、『あるいはこういうことならあり得るのかもしれない』って話がせいぜいですからね」

「ああ、そんで構わねえ。ぜひ披露してくんな」

「余計な口ぃ挟んで話の邪魔をして悪かった。こっからぁ黙って聞くから、気ぃ悪くしねえで教えてくれるとありがてえ」

反省を示した藤井に「気にしていない」と頷いてみせ、裄沢は己の考えを語り始めた。

「まず最初に、あの坊主――というか僧形の男は、本当の僧侶ではなかろうということ。身を持ち崩した破戒僧（仏僧としての戒律を破った者）だということもあり得ましょうが、いずれにせよ殺した女と釣り合いが取れていないことは確か。

ならば、取り押さえられたときに口にしたことは真実であっても、坊主の格好をしたその姿は仮初めのものということになります」

江戸期には、僧侶は妻帯どころか女郎買いを含めた異性との性交自体を禁じられており、この「女犯」の罪を犯した僧が捕まると流罪に処されるか、籍を置く寺院へ身柄を送られることになっていた。寺に送られた僧は、多くの場合僧籍を剝奪された上で、身ぐるみ剝がれて追い出されたという。

「そりゃあ単に、坊さんの格好をした物乞いだったっつうだけのこっちゃねえのかい」

「絶対に違うとは言い切れませんが、それでは殺した女との関わりのほうの筋が通りません——お二人の話からすれば、殺される前の女は坊主が近づいてくるのに怖れる様子もなく相対したとのこと。そのままふた言み言やり取りをして、坊主に襲われるまで変わった様子もなかったということですから、その坊主のことが誰か判らなかったとか、他の誰かと見誤ったということもないでしょう」

「でもそれだと、坊主の言ってた『他国中に仲間と密通していた』ってえ言葉とは矛盾しちまってるんじゃねえのか。もし密通なんぞをやってたってんなら、女は坊主を見掛けたとたんに逃げ出そうとすんのが当たり前だろ。喧嘩腰にすらならずにどっちも普通に話ができるたぁ、とっても思えねえんだが」

「その点については、矛盾を解消できるかどうか、もう少し話を進めてからの再検討にさせてもらえればと思います」

藤井の疑義を、室町が「まあ、とにかくその先を聞こうか」といったん宥めた。

裄沢は目顔で軽く謝意を示して話を続けた。

「坊主が格好だけの偽者で、女のほうは少なくとも、江戸に宿泊し荷を置く場所を持っているにもかかわらずその素性が明らかになっていないとなれば、女もまた本性を隠してどこかに潜んでいたと考えることができましょう——そのような者らの正体は何か」

室町も藤井も口を閉ざしたまま、じっと裄沢を見る。

「室町さん。俺が臨時で定町廻りのお役に就いて、室町さんにお世話を焼いていただいていたとき、表向きは軽業一座のふりをしていた一味がいましたね」

「！　盗賊か」

藤井も、当時定町廻りであった佐久間弁蔵が室町経由での裄沢からの知らせを軽視して、大失敗りをやらかした一件は当然知っていた。

「あのときは、盗みに入る手口からして軽業の稽古が欠かせないことから、興行一座を表看板にしていた一味だと見込みを立てたのですが、普通の盗賊だとどこかに隠れ家を用意して、仕事に掛かるときまで潜んでいるものと聞いています」

「坊主も殺された女も盗賊の一味……なら、あんだけ格好の違う二人でも知り合いでいておかしかねえのか？」

室町の呟きに、藤井が先ほどの疑問点につながる話を蒸し返す。

「だけど、二人ともに盗賊の一味で正体を隠してたってんなら、あんな人目につくとこで、妙な取り合わせに見える自分たちが近づき合って話をするなんてことはしねえんじゃねえのか」

今度は裄沢も先送りせずに応じた。

「女よりも坊主のほうが歳上だったと聞いています。なら、まずは盗人としても坊主のほうが一味の中での位も上だったのでしょう。

その坊主が人目も気にせず自分のほうへ堂々と近づいてくるのだから、女とすれば、相手がそうしてもおかしくないような段取りが整えられてると勘違いしたのでしょうし、坊主のほうは女にそう思わせるような近づき方をしたのでしょう
——たとえば、そうですね。連中の中でありそうなことでいえば、何らかの理由

からこたびの盗みの企(くわだ)てを諦めることになった以上、まだ余裕はあるけどもう逃げるばかりなので、今さら体裁は気にしなくていい、とかですか」

「けど、坊主の言ったことを信じるとすりゃあ、女は坊主を裏切って浮気してたってんだよなぁ。
お前さんの言うような状況になったにせよ、そんな女が己の間夫(まぶ)（恋人、情夫）の目の前に堂々と立てるもんかね」

「捕らえられた坊主が言ったのは、『他国中に女が仲間と密通していた』ということでしたよね。

盗人にも仲間内で様々な役割があるそうですね。ここで、坊主の言った『他国中』という言葉ですが、盗人一味の者が仲間と離れて一人だけ別に旅をするというのはどういう状況でしょうか」

「そりゃあ、諸国を回りながら盗み働きをしてるような一味なら、みんな連れ立って動くことなんぞできねえだろうしな。何人かずつでバラけて動いてる間に、あの女と夫婦者かなんかを装(よそお)って動いてた野郎とが、そのまんまデキちまったってこっちゃねえのかい」

「そういうこともあるのは否定しませんが、その場合『自分の他国中』というような言い方をするでしょうか。

俺はむしろ、風体まで加味して考えれば、あの坊主は一味の先乗りの役割を果たしていたのではないかと思いますが」

「……今、目の前の仕事じゃなくって、次に盗みに入る先を探す役割だってか」

「はい。先乗りが一人だけか、他にもいるような一味かは知りませんが、それなら自分が離れている間に、今の仕事のために仲間と合流している女が一緒にいる中の一人と密通するような仲になっていても、おかしくはないと思います」

「物乞いと変わらねえような坊主の格好なら、町でも田舎の村でも、どこを彷徨き回ってたって悪目立ちゃあしねえか……」

藤井も、裄沢の説に納得するところはあったようだ。

「このところずっと離れてたなら、女のほうはまさか手前の浮気がバレてるたぁ思ってなかった、ってことかい」

「先乗りしてた坊主も、いよいよ今の仕事に取り掛かるとなって合流しようと仲間の下へ戻ってきた。そしてそのつなぎをつけるため坊主に会いにいった野郎から、女の浮気のことを聞いたのかもしれねえな。で、南寺町で坊主と久しぶりに会った女は、手前の浮気がバレてるなんぞ露とも思わず、近づいてくる男を目の前に迎えた……」

「でもよ、女のほうも仕事の前の盗賊の一味だとするにゃあ、殺される前の格好がちょいと目立ちすぎじゃあねえかい。仕事までは、大人しくしてんのが当たり前だろ？

それに坊主のほうの様子だってそうだ。あんな骨と皮ばっかりの男が盗賊の一味ん中でも主だった者で、あんないい女の間夫だったたって言われても、ちょいと首を拈っちまうぜ」

「そのとおりですね。そこは矛盾があると、俺も思います――考えられるとすれば、女のほうはずいぶんと奔放な性格だった、というくらいでしょうか」

裄沢の返答へ藤井が何か言う前に、室町が口を挟む。

「ありそうだな。なにしろ、盗賊の一味に加わってる阿婆擦れで、そこいらにいる男みんなの注目を集めながらも平然としてるような図太え女だ。裄沢の言うような性格だったとしたって驚かねえし、そんな女ならいろいろな男を銜え込んでる中で、毛色の変わったとこに偶々食指が動いたっておかしかねえ。その相手が一味ん中でも主だった者なら、仲間内じゃあ夫婦扱いされることだってあるだろう――坊主のほうだけ、すっかり夫婦気取りになっちまってたってこともかもな。

　まあとにかくそんな女だったら、頭目の目が届かねえときに好きな衣装着て出掛けたって、周りは坊主に遠慮して何も言わねえだろうし、散々浮気してようが平気な面して己の間夫の前に立つようなことだって、当たり前にやりそうだしな」

「男のほうについては、もともとが棒のような体軀だったから、物乞いの坊主に化けて先乗りをする役を任せられていた、というところでしょうか。そういう役割を担ってたなら、ますますそう見えるように努めてたでしょうしね」

「……なんだか、ホントにありそうな話に聞こえてきたな」

「ですが、最初に言ったように『こういう筋立てもあり得るかもしれない』というだけの話ですからね。頭の隅にでも置いといてもらえればそれで十分ですので、あまり本気にはしないでください」

　裄沢にそう念を押された二人は、互いに顔を見合わせる。室町のほうが、顔を裄沢に向け直して問うてきた。

「お前さんの言うこたぁ得心できたし、十分ありそうだとも思うけど、何か――そうだな、お前さんが示してくれた『筋立て』の確からしさを見極めるような手立てってヤツを、どうにか思いついたりしちゃくれねえか？」

裄沢は、「そうですね」と呟いてしばらく考え込んでから、視線を室町のほうへ戻した。

「それでは三つほど」

四

――三つも！

と藤井は心の内で驚きの声を上げたが、裄沢は目を見開いている藤井には気づきもせず、室町に思いつくところを並べた。

「まず一つは、牢屋敷に入れられた坊主の様子を見ることでしょうか」

「坊主の様子を？　責め問いで痛めつけられてる野郎を見て、何か判るってえのか」

すでに捕まえた者を、しかも何も吐かないと吟味方が手こずっている相手を眺めてどうするのかと、藤井が疑問をそのまま口にする。

「確実とは言えませんが。咎人の坊主は身元が確かに僧侶だと確かめられたわけではありませんから、おそらくは無宿牢に入れられているものと思います。この者が、俺の考えたとおりに盗賊一味の、しかも下っ端ではなくそこそこの地位にある者だとすれば、囚人たちの中で相応の処遇を与えられているかもしれません」

　牢屋敷内で庶民層の咎人が収監される大牢や住所不定の者などを入れ置く無宿牢は雑居房で、決められていた定員を常時大幅に超過しているような混雑ぶりであった。そうした中でも一定の秩序が保たれていたのは、牢内で囚人たちによるある種の自治が機能していたからである。

　牢名主（ろうなぬし）など牢役人と呼ばれる囚人が全体を取り纏めていたのだが、その地位に誰が就くかは囚人たち自身による決定に委ねられていた。当然、力（もしくは財力）ある者がその順で牢役人の地位を埋めていくことになる。

　もし、裄沢が想定したとおりあの坊主が盗賊の一味でそこそこの地位にある者だったとするなら、周囲の囚人たちによって奉（たてまつ）られても何らおかしくはない。物乞いのような坊主に扮装していることから、どこまでも猫を被り続けるということも考えられないではないが、吟味方から容赦のない責め問いを受けている中ではそうした余裕もないだろう。

「……なるほど。入牢したばかりでありながら、もし牢役人になるような扱いを受けてたなら、ただの妄念に取り憑かれた偽坊主（にせぼうず）じゃねえってことんなるか」

「囚人たちまで、みんな騙（だま）せるほどの妄想の持ち主じゃなければ、ですけどね」

「そんな野郎なら、吟味方やおいらたちだって、もうちょっとその気にさせられてるだろうさ」

「二つ目ですが、先ほど言ったように坊主が盗人一味の先乗りで、いよいよ一味が仕事に取り掛かるために戻されたところだったなら、坊主がやってきた道順は、これから取り掛かる仕事先の今の様子を確認した上でのものだったかもしれません。

確かめた先から隠れ家への移動の途中、しかも江戸には着いたばかりで自分が誰にも警戒されているはずはないと油断していた――あるいは浮気した女への悋気（りんき）で頭に血が昇っていたなら、尾行を気にしたりせずまっすぐ一つ目の目的地から次の目的地へ足を運んでいたとも考えられます。途中で女ともバッタリ出くわしてますしね。

ならば、これから一味が取り掛かろうとしている盗み（しごと）の先は、坊主が後にしたほう――四谷か市谷辺りにあるのかもしれません」

「盗みに入る先もある程度絞り込めるか……」

「もし、このところ見世の外で胡乱な者がよく見掛けられるようになった商家とか、人目を気にしながらどこへ行くかも判らぬような仕事の抜け方をする下働きがいる商家があれば、気に掛けておいたほうがいいかもしれませんね」

「……見世のほうに妙な動きがねえかの見張りとか、すでに潜り込ませてる引き込み役による定時連絡とか、か」

「これは全くの当てずっぽうですから、ほとんど当てになりませんけども」

裄沢が釘を刺しても室町に届いたかどうか——。

裄沢は気にせず、最後の一つに言及することにした。

「そして三つ目です。坊主が南寺町へ足を向ける前に通ったところがこれから盗みに入ろうとしている先だったとすれば、その後に行こうとしていたところ——言い換えれば殺された女がやってきたほうに、盗賊どもの隠れ家があると考えていいのではないでしょうか」

「確かに、二人が偶然あそこで出くわして刃傷になったってんなら、女がやってくる前にいたとこと、坊主が向かってた先は一緒だったと考えておかしかねえな」

頷いた室町を尻目に、藤井はまた疑問を口にする。

「まあ、二人がともに盗賊の一味だってんならそういうこともあるかもしれねえけど、じゃあその隠れ家ってえなぁいったいどこだとなると、やっぱり探しようがねえんじゃねえのかい。

盗賊の隠れ家なら、人目につかねえように四谷とかの町中から離れたとこだろうから方角はあってるにせよ、地べたは南寺町から西へずっと延びて広がってるんだぜ。さすがに丸一日近く掛かるような遠くじゃねえにせよ、たとえば内藤新宿だけでも相当の広さがあるしな」

藤井の指摘に裄沢は頷く。

「藤井さんのおっしゃることはもっともです。ですが、『あるいはここかも』程度ですけれど、いちおう絞り込むことはできると思います」

「！　そいつぁ、どこだ」

一転して室町が鋭い目つきになった。

裄沢は気圧されることなく、今までと同じ調子で言葉を紡ぐ。

「女は、西の江戸田舎（江戸の中心部をはずれた郊外）のほうから南寺町の東のほうへやってきたと考えられています」

「ああ、お前さんに改めて言われるまでもねえ」

「しかし南寺町より西で女を見掛けた者を探すと、とたんにそうした者は見つからなくなった」

裄沢の言わんとしていることに当たりがついて、藤井は落胆を隠しきれない表情で返す。

「そいつぁお前さん、あすこより西にゃあほとんど武家屋敷しかねえからだよ。しかも大概、おいらたちと変わらねえような微禄の御家人が住まう組屋敷だ。お前さんは知ってるかどうか、ああいうとこは組合辻番つってなぁ、そういう貧乏御家人がなけなしの金ぇ集めて町人雇って番所を任せてるようなとこなんだ。あんなとこに雇われてるような連中なんざ、昼から飲酒、博打なんざ当たり前で、誰も表を人が通ったとこなんぞをまともに見ちゃいねえのが常って場所なんだよ。

そんな野郎どもが、おいらたち町方やその手先から話を聞かれて素直に答えると思うかい」

そう問うてきた藤井を、裄沢は真っ直ぐ見返す。

「確かにこのごろの辻番所の番人に、筋の良くない町人が雇われているところが多いということは、俺も聞いたことがあります。しかし、外から見えないところでやっていることはともかく、辻番所の番人に雇われていること自体については、連中に後ろ暗さを覚えなければならないところはありません。

むしろ陰でお上に隠しておきたいことがある分だけ、それ以外の表の部分では愛想よくしていい感情を持っていてもらいたいというのが、普通の者の抱く考えなのではないでしょうか。お上の関わり合いなら即座にみんな敵だと考える者がいないとは言いませんが、そうではない連中も少なからずいるように俺には思えます」

裄沢の反論に、室町が頷く。

「まあ確かに、後ろ暗えとこがありながら疑われたくねえ野郎に限って、妙にこっちの機嫌覗って愛想よくしてくるようなとこは少なからずあるよなぁ」

裄沢の言葉とこれに対する室町の肯定を聞いて、藤井はグッと詰まる。

己やその指図を受けた御用聞きどもが、自身で先ほど裄沢へぶつけた疑義そのままの先入主（先入観）を持ってお座なりな聞き込みを行い、何の成果も上げられなかったということが一切ないかと省みると、自分でも「絶対ない」とは言い切れないでいた。

「なら、どうする。もう一遍、南寺町の西側一帯の武家屋敷を当たり直してみるかい」

藤井の自省を感じ取った室町は、責めることなく探索方針の見直しを提案してきた。それに藤井が応えるより早く、桁沢が口を出す。

「これは、もし俺の想像が当たっていたらなんですけど、より急ぎで始めたほうがいいかもしれません」

「そいつは、なぜ?」

「その説明のためにまず先ほどの話の続きからしますが、『南寺町の西側で女を見た者が見つからないのは、目にした辻番所の番人もいるのに空惚けられてしまったからではなく、そこを女が通りかかってはいないからだ』という考えが当たっていたとすると、女がやってくる前にいたところ——すなわち人目を忍ぶはずの盗賊どもの隠れ家はいったいどこにあることになるでしょうか」

「そりゃあ、武家地を通っちゃいねえってんなら、武家地に行き当たる前んなるから……! 南寺町の西のはずれか」

裄沢は頷く。

「そう考えてもいいかもしれません。なら、まず探すべきはその辺りで無住になった廃寺や、ほとんど人が寄りつかないような荒れた寺があるかどうか。
そういうところに潜みながら、用があるときは夜出歩く者がいなくなってから
とか、あるいはこたびの女がおそらくそうしたように、寺の裏手のほうから出入
りして人目につかないようにしていることが考えられます」
「なるほど、もともと寺しかねえとこだから、ある程度気ぃつけて潜んでりゃ
あ、そうそう目立つこともねえか……でも、急いで始めなきゃならねえっての
は？」
「もし先乗りの男を呼び戻したのなら、連中の仕事はすぐそこまで迫っているこ
とになります」
「裄沢さんの言い分も判らねえじゃねえが、仲間割れで人死にが出て、こうやっ
て町方が乗り出したこたぁ連中も当然気づいてるだろ。ならこたびの仕事は諦め
てもう逃げ出してるか、そうでなくともまだしばらくは息を潜めたまま、じっと
様子を窺ってるってとこじゃねえのか」
「そうかもしれませんが、俺は咎人として囚われた坊主が、最初に話したこと以
外はいまだ何も口を割らずにいるという点が気になります――己を裏切った女は
激情のあまりついその場で手に掛けてしまったけれど、それ以外の仲間、特に自

分たちのお頭に対しては固く忠義を守っているようにも見えますから」

「一味の頭のほうも、それを信じて疑ってねえかもってことか」

「町方があの坊主からどこまで聞き出してそうかは、藤井さんたちの探索の動きを見ていればある程度まで予測がつくでしょうし」

「……なら、動くとすりゃあ、すぐってことんなるのか」

「そうでなければ、いったん集まった者らをどこかへ逃がした後でしょうけど」

「一味をいったん散開（バラ）させることなく隠れ家の寺にまだ居続けてるとしても、町方の出方を見ながら警戒が緩むまでずっと待ってるってことはねえって？」

「時期が時期ですから」

「？」

「もうすぐ如月の下旬——春の彼岸に入ります」

この年の彼岸の入りは二月二十三日（陰暦の日付は現在使用されている太陽暦と平均して四十日程度のズレがある）。すぐそこまで迫っていた。

「彼岸に入りゃあ、荒れ寺でも墓参りに来る者はいるか。たとえ廃寺になってたって、周囲の寺もそこらの道も人は増えるだろうしな。隠れ潜んでる奴らにゃあ、確かに具合（ぐえぇ）はよくねえな……」

室町はチラリと藤井に視線を移す。

「必ずそうなるたぁ限らねえにせよ、少しでもその懼れがあるんなら優先して潰しとくべきか――藤井さん、そのつもりでいてもらったほうがいいな」

室町の判断に、藤井は頷いて合意を示した。

五

蕎麦屋兼業の一杯飲み屋で確かめ合ったとおり、室町と藤井は即座に動いた。

まずは吟味方を通じて、小伝馬町の牢屋敷における咎人の坊主の様子を聞いた。牢屋敷見廻りを介さなかったのは、別にそのお役に就いている同心の一人が裄沢と因縁があったからというわけではなく、閑職に追いやられている連中よりも廻り方へ催促してきた者に直接頼んだほうが話が早いというだけだ。

結果はといえば、牢名主はもとより添役や角役、二番役といった牢役人にはなっていないものの、上座、中座、下座、小座と畳一枚当たりの人数に差がある扱いのうち上座に近い中座で場所を与えられていた。

責め問いで痛めつけられた後で戻された者は牢内でも多少の配慮はなされる

が、それでもただの物乞いらしき坊主にしては破格の待遇である。一挙に、裄沢が示した「推測」が現実味を帯びてきた。

吟味方を通じた牢屋敷への問い合わせと並行して、藤井は「南寺町の西側部分に盗賊の隠れ家となり得る寺はないか」の探索を始めた。

本当に盗賊一味の隠れ家があって、まだ逃げ出さずにいるとしても、仲間が起こした刃傷沙汰で町方が動いているのは十分承知であろうから、藤井が下手な動き方をすればすぐに向こうに勘づかれていたであろう。

藤井は自らは動かず、紙屑(かみくず)買いや煙草(たばこ)売りなど、その近辺を彷徨いていても不審に思われない出商(であきな)いを表稼業にする手先を歩き回らせ、辺りの様子を探らせた。

寺が数多く集まっているとなれば豊かなところと貧しいところの差は出るにせよ、盗賊の隠れ家となり得るほどに人の姿が疎(まば)らな場所は限られる。町方の手先たちは、目星をつける先としてすぐに二つだけに絞り込むことができたのだった。

そうなれば、後は容易である。

——寺男はいるか。いるなれば、その者は本当に寺男としての仕事をしているか。

　——夜間や裏の出入り口を使って、寺の僧侶や下働きとは思えないような者が出入りしている様子はあるか。

　陰からしばらく観察しているだけで、ここでまず間違いないと手先たちが断言できる寺が浮かび上がってきた。

　その報告を元に、藤井と筧が改めて確認した上で、二人から内与力の唐家に対し上申がなされた。

　報告は即座に北町奉行である小田切土佐守直年(おだぎりとさのかみなおとし)にもたらされる。小田切はわずかに黙考した後、播磨国龍野(はりまのくにたつの)藩の江戸上屋敷へ、寺社奉行に任ぜられている藩主・脇坂淡路守安董(わきさかあわじのかみやすただ)宛の文を送った。

　四谷南寺町の西のはずれに建つ、一軒の古い寺。

　すでに夜半を過ぎた暗闇の中、細かいところまでは見えないはずなのに、その寺はただ古いだけでなく荒れ果てていることが一目で判るほどの凄(すさ)まじさであった。道との境をなす塀にささくれができ、破れ目の穴はそのまま放置されているのが容易に見て取れるのだ。

もともと人通りはあまり多くない寺が並ぶ土地の真夜中、森閑と静まり返っている場所が、近づけば、そのときだけはひっそりと息を殺した多くの者の気配が感じられたはずだ。

ある者は麻裏の鎖帷子の上へ半纏を纏い、またある者は素肌か襦袢に紺無地の法被姿で、いずれも前を合わせて帯を締め、襷掛けの上股引を穿き、足下は草鞋履きでしっかりと固めている。手に六尺棒や刺股などの道具を握り締めている者、あるいはいまだ火の点されていない龕燈や「御用」と書かれた高張提灯を手にしている者——月光に照らされる鉢巻きの下の顔は、いずれも緊張に引き締まっていた。

寺の正門前、そうした面々の中心に、一人の男が立ってじっと寺のほうを見据えている。甲斐原之里、北町奉行所で最も若い吟味方本役与力である。

捕り物に与力が出役する慣習は、この物語のおよそ三十年前にあたる明和期以降ほとんど廃れてしまったが、甲斐原は前年に続き、こうして奉行所からお城を挟んだ反対側まで出張ってきているのだった。

その甲斐原が、ふと背後を気にする。

目を閉じてじっと待っていると、寺の周囲を固めている町方の手勢が二つに分かれて道を空けたところへ、これも襷掛けに鉢巻き姿の者らが集団でやってきた。

集団の先頭には騎乗の武家がいて、甲斐原のそばまで寄せてから下馬する。声を張り上げることなく互いに名乗り合った後、甲斐原は騎馬の侍を含む後から現れた集団に道を譲った。

中のことは後から来た侍たちに任せ、甲斐原ら北町奉行所の面々は、逃げ出す者のないよう周囲を固めるのだ。

小さく会釈した侍は手勢を引き連れ門前に迫る。その一人が門に手を掛けると、閂も掛かっていなかったのか、門は軋んだ音を立てながら簡単に開いた。

騎馬の侍率いる集団は、足を速めて境内へと踏み込み、本堂を半ば囲むように横に広がった。

一人だけ前に立った騎馬の侍が、いまだ静まり返っている本堂の中へ向け声を放つ。

「寺社奉行・脇坂淡路守様配下の大検使・鈴木越後による御用改めである。この寺に不審の者ども蝟集し、仏法に背く振る舞いこれありとの訴えが当奉行所まで達しておる。役儀をもってこれより糾問致すゆえ、中におる者は皆、建物より外へ出て神妙にお縄を頂戴するがよい」

わずかな静寂の後、本堂の中から少なからぬ人の動く物音が外まで聞こえてきた。続いて、おそらくは応諾であろう声が響いた。

「へえーい」

その野太い声からは、わずかな動揺も聞き取ることができなかった。

取り囲む侍たちは皆が緊張を顔に浮かべ、腰の刀に手をやるなどして待ち構える。

静かに本堂の戸が開けられると、そこには十人を超える男女がずらりと並ぶ姿があった。

その真ん中に位置する大柄な男が、先ほどの返答と同じ声で告げてくる。

「畏れ入りやしてございやす。こうなったからには最早お手向かいは致しやせん。一人ずつ降りて参りやすので、お手数ながらお縄をお願い致しとう存じやす」

そう口上を述べると、視線を左の端に向けて顎を振った。

合図を受けて、左端の男が静かに本堂から降りてくる。自分たちを取り囲む侍どもの前で膝を折ると、頭を垂れた。

一瞬男の出方を覗ったままだった侍や中間のうちの二人ほどが、慎重に男に近づいていく。男に抵抗の意志がないと見極めると、そのまま縄を打った。

それを待っていたかのように、端から二番目だった男が本堂を出る。

戸の前に並んだ全員がお縄になるまで、さほどのときは掛からなかった。


それから数日後の北町奉行所内座の間。ここは北町奉行の小田切が、専ら町奉行所と直接関わらない仕事（幕府の主要閣僚としての仕事や旗本家当主としての仕事など）をするための場所である。

本日はそこに、小田切が内与力の唐家と深元だけを呼んでいた。

「先ほど脇坂様のところより、捕らえていた一味全員の牢屋敷への移送が終わりました」

座に着いてすぐ、深元が報告を上げる。

寺社奉行管轄の一件でも、裁きや吟味は寺社奉行所（寺社奉行を務める大名の藩邸）内に設けたお白洲で行うが、裁きが下るまでの間に囚人を収監する場所は、町奉行所と同じ小伝馬町の牢屋敷となる（寺社奉行所内にも町奉行所と同様、仮牢は設けられている）。

ただしこたびは、「胡乱な者どもが寺に集まっている」ということで召し捕り、寺社奉行所の仮牢に入れて取り調べたところ、様々な土地の何軒もの商家で犯行を重ねている盗賊の一味であることが発覚した。このため、牢屋敷に身柄を移してからの吟味と裁きは北町奉行所に任せるということで決着したのだった。

いうなれば北町奉行所は、盗賊一味の召し捕りという手柄を寺社奉行の脇坂に譲って、盗賊一味の身柄の確保という「実」を取ったのである。

これで脇坂のほうが裁くのは、盗賊一味に隠れ家を提供した寺の住職のみとなった。ちなみに、ほとんど廃寺同然の有り様となっていたこの寺に、小坊主や寺男などはもともと置いていなかったそうだ。

「一味の狙いがどこであったかは判明しておるのか」

「こちらで改めて詮議は致しますが、どうやら麹町十二丁目の蠟燭問屋・越中屋のようでして。脇坂様配下の大検使・鈴木殿によれば、一味はかねてより引き込みの者を飯炊きとして越中屋に入れており、後は仕事に掛かるばかりだったとのこと。その引き込み役は、藤井の手によってこちらで押さえております」

「あの越中屋か」

昨年、北町奉行所の見習い同心が血気に逸って、自分らで捕縛しようとした、破落戸どもの押し込もうとしていた先である。結局藤井たちによって召し捕られた破落戸連中を白洲に呼び出した町奉行は、当然越中屋のことも憶えていた。

「藤井によりますれば、越中屋では昨年の一件がありましたので用心棒を雇い入れていたものの、その者に粗暴の振る舞いあり、人を代えようかと話をしていたのが当人の耳に入ってしまい、当人は怒って勝手に仕事を辞めたところだったそうで。

盗賊の一味にすれば、子分が私情で刃傷沙汰を起こしたばかりゆえ動くには慎重になったものの、この機会を逃すと新たに腕の立つ用心棒が見世の夜番に就くやもしれず、諦めきれずに愚図愚図と隠れ家とした寺に残っておりましたそうな」

「贋坊主は己のお頭に義理立てしたつもりでも、一味にすれば取り返しのつかぬほどの愚行を犯しておったことになるな」

「全く。ただ越中屋にしてみれば、幸いなことでございましたが」

とはいえ、短い間に二度も見世を狙われた商家としては、生きた心地もしていないだろう。筧や室町に言わせるなら、「厄落としが必要なのは藤井よりも越中屋のほうだった」ということになろうか。

「こたびの一件について、火付盗賊改のほうでは『賊が商家に押し入るまで待って捕らえたならば一網打尽にできたのに。かように隠れ家へ踏み入って捕らえるようなことをしたのでは、もしかすると他に分散して隠れ、押し込む日を待っていた賊の一部を、取り逃がしておるやもしれぬ』などと申しておりますそうな」

深元からの報告が終わったのを区切りに、唐家が己の耳にした風評を持ち出した。しかし、小田切が表情を変えることはない。

「我らは町方なれば、あれでよい。押し入らんとする途中まで看過した上で捕らえんとして、万が一にも一味が刃向かい暴れ回ったなれば、商家の者に無用の怪我を負わせることになっていたやもしれぬ。

それにこたびは、連中の中ですでに刃傷沙汰を起こしておった者がいたからこそ捕縛までつながったのじゃ。連中も我らの動きには十分気を張り詰めて探っておったであろう。指を咥えて今以上の好機を待っておったれば、いつ悟られて逃げ出されていたやもしれぬ。これだけの成果を上げられれば上々よ」

「まあ、これで寺社方にも一つ貸しができましたしな」

唐家も得心している。

「ところで、この一件を見事に察知したのはやはりあの男だったそうにございますな」

深元が新たな話題を持ち出した。これには唐家が応ずる。

「儂に話を上げてきた筧と藤井が、自分らの手柄とはせずにそう申しておったからの」

「近ごろ他にも一件、当方の月番ではなかった上に、お目付のほうの仕事だったゆえことさら取り上げてはおりませぬが、別にあの男が関わった騒動があったやに聞いております る」

「それは？」

奉行からの問い掛けに唐家は、「直接問い質してはおりませぬので、どこまで確かかは判りかねますが」と断った上で、下渋谷村で見つかった裸の死人の一件について、自分が聞き集めた話を披露した。

「ほう、さようなことが……お目付衆から儂には、匂わせてきてもおらなんだが」

「町方の同心に鼻を明かされたからというよりは、見逃していた偽りの病死届けに関わることなので、口にせずにおるということではありませぬかな。下手に突くと、百人組の組頭という御大身ともやり合うことになりかねませぬゆえ、いかにお目付でも、覚悟がなければ手出しはできませぬからな」

唐家の言葉に、小田切は何も口にせずただ頷いた。

事前に唐家からこの話を聞いていたであろう深元が、脇から口を挟んだ。

「殿。さすがにここまで陰から功をなしておるとなると、引き上げることを考えねばならぬのではござりませぬか」

「廻り方の者らからも、ずいぶんと恃みにされている様子が覗えますしな」

と、唐家も同意を示す。

「廻り方に引き立てよと申すか」

「ご検討をいただければと」

「定町廻りを一人替えたばかりである。他にお役替えをさせねばならぬような瑕疵のある者も見当たらぬであろう」

「長年勤めておる中には、そろそろ外廻りから内役（内勤）に移してもよい者がおろうかと」

「……考えておこう」

そのひと言を聞いて、二人の内与力は頭を下げて退き下がった。

第三話　辻斬り顛末

一

季節も初夏の卯月（陰暦四月）ともなれば、陽が落ちてきても周囲には温気が漂うままになる。

夕刻。一日の仕事を終えて帰宅しようと裄沢が北町奉行所の表門のほうへ足を進めていくと、門脇の同心詰所から出てきた来合とバッタリ出くわした。

いつも仏頂面だから馴れない者には見分けがつかないだろうが、裄沢に目を留めても来合は難しい顔をしたままだ。どうやら、まだ仕事終わりという様子ではなさそうだった。

「よう、これからまた出張んのかい？」

裄沢の問いにも来合は足を止めず、こちらが並びかけるのを誘うように顔を向けて答える。

「ああ、今夜は長くなるかもしれねえ」

「深川で死人が出たって？」

裄沢が勤務する御用部屋にも、その噂は流れてきていた。おそらく終業前の夕刻の打ち合わせのためにいったん戻ってきた来合が、調べの続きに戻ろうとしているところなのだろう。

来合は「ああ」とのみ返答してくる。

並んで門を出たところで小者が一人待っていて、二人に向かって頭を下げてきた。そのまま黙って足を進めてきたのは、やはり来合の供をするためのようだ。

「じゃあな、急いでんだろう。何もないとは思うが、気をつけろよ」

裄沢の言葉に、来合は「おう」と一つ頷いて足を速める。小者が小走りになってその後を追った。

裄沢は、帰途に就く町方役人たちを追い抜いていく二人の姿を、足を進めながら見送った。

深川で死人が出たという噂は、朝のうちから耳にしていたことだ。いかに殺しがあったとはいえ一度きりのことなら、朝見つかった一件の調べが終わらないからといって翌日回しにせず、陽が暮れた後まで引きずるということはない。あの様子からすれば、咎人が判明していてこれから捕り物だというわけでもないのだから。

──すると、何件か続いている？

裄沢は、記憶を辿ってみた。

──そういえば先月の初めだったか、やはり深川で殺された者が見つかったという話を聞いた気がする。

裄沢の記憶が不確かなのは、先月の月番が南町で、自分を含めた北町の面々はさほど関心を持たなかったために、内役のほうまでは噂が耳に入って来づらかったということだろう。

裄沢は、すでに来合たちの姿が見えなくなった前方を見やる。

──今から出張るってことは、死人（ホトケ）さんの見つかった現場へ戻って、手に掛けられたであろう夜中だと辺りはどのような状況なのか、改めて検分しておこうってことかな。

供として連れた小者ばかりでなく、来合を町奉行所へ戻して自分は殺しの場に近い番屋に残ったであろう臨時廻りの室町や、ところの御用聞き（ごばんしょ）らも立ち会っているはずだから、万一のことなどはあるまい。

そうは思いながらも、何ごともないようにと夜中まで仕事をする面々の無事を祈った。


それから数日後の朝。

奉行所へ出仕しようと裄沢が家を出たところ、同様に家を出てきた来合と途中で一緒になった。

「おう、お早う」

「ああよ」

相変わらず無愛想な奴だ。馴れたものだから気にもせず、思いついた問いを発した。

「そういや、先日の人死にの件は片がついたのかい」

来合は口をへの字に曲げて、「いや、まだだ」とのみ返してきた。

「殺しか」

「ああ」

「確か、先月の初めごろにも死人が出たって話があったと思うけど、同じ野郎の仕業なのか」

「捕まっちゃいねえから、はっきりたぁ言えねえけどな——先日の夕刻、お前さんと御番所を出る前に出くわしたときの一件は、殺(や)った後の死人さんが柾木稲荷(まさきいなり)に捨てられてた」

怪我をした来合の代わりに一時的な代理で定町廻りを勤めた裄沢だから、どこのことを言っているかはすぐに判った。

小名木川(おなぎがわ)が大川に合流する河口に、万年橋(まんねんばし)という名の橋が架かっている。柾木稲荷はその北の角地に建てられた稲荷社だ。

「斬り盗(きと)りでの殺し（強盗殺人）かい」

「辻斬りだってえ目のほうが高そうだ」

「二件のいずれも刀傷ってことか」

「ああよ——ただ、二件じゃねえ。三件だ」

「他にもあったと？」

「お前さんが知ってたのはたぶん一件目のほうだろうが、最初の一件目は先月の三日、深川は一色町(いっしきちょう)の道端で殺されてんのが見っかった」

一色町は、参拝客が多いことから深川で最も賑わう永代寺(えいたいじ)や富岡八幡(とみがおかはちまん)と、日本橋方面から通ってくる客が使う永代橋との中間に位置する町である。

「二件目は同じく先月の十七日、霊巌寺の表門前町から北へ延びる通りで、寺の塀に凭れかかるようにして事切れてる者を表に出た小坊主が見つけてる」

寺の参拝者を目当てにした商家などの集まりからできた町が門前町で、通常だとその寺の表門前に一カ所あるかどうかなのだが、この大きな寺では裏門前にも町ができていたため、わざわざ「表」と付けた町名になっている。場所は小名木川と二十間川に挟まれた、深川のほぼ中央という位置になる。

裄沢が晴れ渡った空を無言で見上げたのは、三つの場所の位置関係を頭の中で思い浮かべていたからであろうか。

「殺されるとこを見た者は」

「少なくとも、名乗り出てきた野郎は一人もいねえ。聞き込みも上手くいってねえしな――おそらくみんな、真夜中に殺られたんだろうさ」

「不審な物音を聞いた者も」

「出てきちゃいねえな」

「他の二件はともかく、一色町の道端で人が殺されてんのに不審な物音を聞いた者が誰もいないとなると、相当の手練者に不意を襲われたってことか」

「みんな一刀の下に斬り伏せられてる。切り口も見事なもんだし、ありゃあ、かなりの腕だな」

「切り口」は通常、切った場所やその状態を指す言葉だが、その状態から推察される手並み、という意味もある。

「けど、前の二件は斬ってそのまま放置したのに、三件目はいちおう死人さんを隠すような用心をしたってことになるのか」

「それもあって、同じ野郎とは言い切れねえってことなんだが——でもよ、たとえばちょうどバッサリ殺ったとこに何人か連れ立ってやってくる者らの話し声が聞こえてきたとかだったら、そんときだけ急いで隠そうとしたって何も不思議はねえだろう」

　真夜中のことのようだし、急いで逃げて放置した死骸に大騒ぎされるより、死骸を隠して気づかれないのへ賭けるほうが、自分の姿を見られる懼れは少ないと考えても、確かにおかしくはない。

「慌てて隠そうとしたような跡が残ってたのか」

「稲荷社の生け垣代わりの藪に、真新しく枝の折れたとこがあった。ちょうど、境内の中から外を向いて屈めば、前の道を歩く者の様子が見える場所だ」

「なるほどな——殺されたのはみんな町人か」

「ああ、八丁堀は坂本町に住まう書画骨董屋の商人と、深川北方の猿江町の足袋屋の倅、それに日本橋北難波町で人形師やってる職人。みんな住んでるとこも仕事もバラバラで、互いの関わり合いは見えてこねえ——ところで、坂本町は御番所の往き帰りの道筋だが、まさかお前の知ってる者じゃねえだろな」

思い掛けずも来合がこちらを案じてくれた。まあ、ずいぶんと無骨で不器用だが。

「俺の知り合いだったら、とうにもっと詳しいことを聞き及んでるさ。こちとら書画骨董なんて高尚な趣味も、そんなもんに宛てる金もねえよ——で、一色町で殺されてたのが坂本町の書画骨董屋、霊巌寺の外で見つかったのが足袋屋の倅、斬られた後に柾木稲荷に運ばれたのが難波町の人形師、で合ってるか」

深川は、江戸において官許の吉原と並び称されるほどの遊里であり、永代寺周辺を中心としていくつもの岡場所が点在している。そこから一色町を経由して永代橋を渡れば八丁堀の坂本町に行き着くし、霊巌寺の表門前町前の通りは猿江町に向かうための通り道になっている。深川から日本橋北の難波町へ行くには、万年橋を渡って新大橋で大川を越えるのが近道なのだ。

「ああ。全員、女郎屋の帰りさね。もっとも、登楼った見世はそれぞれ別々だったけどな」

「違う見世だって話だけど、同じ岡場所の中かい」

「いや、それもてんでバラバラだ。確か、一色町で斬られた書画骨董屋は網打場、足袋屋の倅が櫓下、人形師は東仲町だった」

網打場は書画骨董屋が斬り殺された一色町の南隣にある松村町の岡場所、櫓下は永代寺の西側すぐ近く、東仲町は逆に永代寺や富岡八幡の東側になる。

「最初に聞いたけど、物盗りじゃあねえんだな」

「みんな、懐の財布もそのまんまだった」

「咎人の目的は、人斬りそのものにあるってことか」

来合は、隣を歩く裄沢をチラリと見て言う。

「先月の三日と十七日、そして今月の五日――野郎はほぼ半月ごとに凶行に及んでる。まだ次の半月にゃあ大分早えが、気紛れで早めにその気になるってことがねえとも限らねえ。お前も気ぃつけとけ」

「俺は仕事の上でも私用でも、夜出歩くことも深川への用事もほとんどないからな。でも、忠告はありがたく受け取っておく」

裄沢がそう返すと、来合は微妙な顔つきになった。

「なんだ、珍しく素直じゃねえか」

「熊みたいに大(でか)いのが途方(とほう)に暮れてウロウロしてるのは可哀想でよ。おちょくる気にもならねえや」

「内役の青瓢簞(あおびょうたん)に同情されるほどへばっちゃいねえぞ」

「家に帰っても心配させないように取り繕(とつくろ)ってんだろ」

いつもの掛け合いが始まったかと思ったところで、裄沢からの応えは真面目な口調で返された。来合は思わず言葉に詰まる。

「いくら隠し通そうったって、早出するわ戻りは遅くなるわで休みも間遠(まどお)になれば、忙しくしてるのは嫌でも判っちまう――黙ってるほうが相手を不安にさせるってことだってあるんだぞ。よく憶えとけよ」

三件の殺しの発端が、南町が月番である先月に起こっているからには、この一連の騒動の担当は南町になる――ただし、この三件がいずれも同じ咎人の手によるものであると断定できたならば、の話ではあるが。

今のところそうとまで言い切れない以上、少なくとも三件目の柾木稲荷に遺体が放棄されていた一件について、北町の来合は自ら主体的な立場で調べを進めなければならない。無論のこと南町の廻り方（来合と同じく本所・深川を持ち場とする定町廻りの川田ら）も、全て同じ者による凶行だという前提で、三件目の柾木稲荷も含めて探索を行っていく。

となれば、組織上の問題から合同での探索とまではいかなくとも、双方が互いの成果を持ち寄ってそれぞれの立場で調べを進めていったほうが効率がよい。幸いなことにこの時期の南北両町奉行所の関係は良好だったから、それが可能であったのだ。

ただそうなると、万が一にも相手に後れを取れば、自分だけではなく己の所属する町奉行所の体面にも関わりかねないことになる。自然と、来合やその補助に就く室町らの仕事ぶりにも拍車が掛からざるを得なかった。

このところの来合の多忙さの裏側には、そんな事情があったのである。

「……ああ、ありがとよ」

来合が素直に礼を言ってきたことに、今度は裄沢が驚かされた。

そうこうしているうちに、北町奉行所へと辿り着いた。表門の前に立つ小者からの声掛けに挨拶を返して門を潜ると、そこからは行き先が別れる。

来合は、塀の並びにある同心詰所に他の廻り方といったん集合し、連絡事項や伝達事項を確認して市中巡回へと足を向ける。裄沢のほうは奉行所本体の中にある御用部屋での執務に向かうのだ。

「じゃあな」

来合が軽い挨拶を残して右手へと逸れていく。「ああ」と応じた裄沢だったが、いったん足を止めた後、何を思ったか来合の歩いていったほうへと体の向きを変えた。

二

「お早うございます」

同心詰所の中に入った来合は、すでにほとんど集まり終えていた廻り方の面々に向かって挨拶の言葉を掛けた。昨夜の帰りが遅かった分、今朝の出仕はいつもより少し遅れ気味だった。

「なんでえ、今日は仲よくお手てつないでご出勤かい?」

皆が「おう、お早う」などと返してくる中、臨時廻りの筧が妙な顔をして問い掛けてきた。

「？」

その視線を追って振り返ってみれば、戸口のところから先ほど別れたはずの裄沢が顔を覗かせている。

「広二郎？」

自分の後ろから誰かやってきている気配はしていたが一人や二人ではなかったし、同心詰所は廻り方ばかりではなく外役ほとんど全ての集合場所だから、声でも掛けてこない限り気にもしていなかったのだ。

「裄沢、そんなとこで何してるんだい。いつもみてえに、遠慮しねえで堂々と入ってきねえな」

廻り方全体のまとめ役的な立場にあり、かつ裄沢とも親しい室町がそう声を掛けた。

「いや、もう朝の話し合いが始まりそうなら邪魔になるかと思いまして、まずは様子見を、と」

裄沢はようやく中へ踏み込んできながら、入り口で留まっていた言い訳をする。

「まだやってきてねえ者もいるから、話し合いは始まらねえよ。それよりこんな朝っぱらから、おいらたちに何か用でもあるんかい」

「ええまあ、ちょっと気になったことがあったもんで。余計なことですけど聞いてもらっておいたほうがいいかなとも思いまして」

「？——広二郎、お前、おいらと北町奉行所に来るまでの間にゃあ、そんなこたぁひとっことも言ってなかったじゃねえか」

室町と裄沢のやり取りに、来合が口を挟んだ。裄沢は来合に視線を向け直して答える。

「そのお前さんとのやり取りで、気になったことが出てきたから顔を出してみたんだ」

直接言えばいいのにと不満げな思いが顔に出た来合を、二人の顔を見比べた室町が取りなす。

「来合にその場で言わずにここまで来たってんなら、その当人にってえより、むしろおいらたちみんなに言っておくべきことができたってこったろう」

意図を汲んでもらった裄沢が、軽く頭を下げた。

「なら聞かしてもらおうかい。お前さんの話にゃあ、こちとら今まで何遍も助けてもらってるからなぁ」

室町や筧と同じ臨時廻りの柊が、そう歓迎してくれた。

遅れてやってきた者も、途中から皆の話の流れを聞いて、何も言い出すことなくそのまま聞く姿勢に入る。

皆が聞く態度を見せてくれたことで、話しやすくなった裄沢が口を開いた。

「では、お言葉に甘えまして——とは言え、いつものように『あるいはそういうことがあるかもしれない』程度の話ですから、頭の隅に置いておいてもらえればいい程度でお聞き下さい」

裄沢はそう前置きをして本題に入る。

「出仕途中に一緒になった来合から、ここへ着くまでに、このところ取り掛かっている辻斬りらしい人殺しの話を聞きました——ほぼ半月おきに三件起きていて、それぞれ一色町、霊巌寺の塀の外、柾木稲荷で見つかったと」

「まだ、同じ野郎のやったことだと決まったわけじゃねえけどな」

定町廻りの西田が注意を促してきたのへ、裄沢は頷く。

「はい。ただ俺が『そういうことがあるかも』と思った中身は、同じ辻斬りによる凶行だというのを前提にしての話です」

じっと耳を傾けていた室町が「それで」と先を促す。

ねえのかい」

「三件の辻斬り――話の前提なので今はそういうことにしておきますが――それらはいずれも、深川の岡場所帰りの客が襲われたもののようですが、一色町、霊巌寺の塀の外、桠木稲荷とそれぞれ結構離れた場所で行われています」

「そりゃあ、それぞれの客が帰ってく方角がバラバラだったから、ってことじゃ

西田の問いに、裄沢は考える間を取ることもなく返す。

「登楼った見世を出たところからとか、途中で獲物になりそうな者を見つけて後を尾けたというならそうでしょう。しかし、金を盗ろうというわけでもないのに、そんな獲物の狙い方をするでしょうか。

三人の斬り殺された者たちは、それぞれ網打場、櫓下、東仲町と別々の岡場所で遊んだ帰りだったようですが」

網打場は、深川の岡場所の中心地である永代寺周辺からはやや離れた場所になる。櫓下と東仲町は中心地と言える場所にあることは確かだが、間に永代寺と富岡八幡という大きな神社仏閣を挟んでいるため、相応に距離が離れている。

もし辻斬りが見世を出たところから三人を尾けたとすれば、三度とも違った場所で獲物を物色していたことになる。それぞれの妓楼から出た後の三人の帰り道

は全く異なっているため、帰る途中から尾けたとしても同じことになろう。

「……つまりゃあ、辻斬りの野郎は、一回ごとに場所を変えて待ち伏せてたってことかい」

「同じところで辻斬りをする者はいませんし、金を盗るつもりがないならば裕福そうかどうかなど気にせず、人目につかないところで独りだけでやってくる者を待てばいいだけですから、そう考えたほうが辻斬りの目的に合っているのではないでしょうか」

確かに、先に獲物の目星をつけて後を追っても、相手が自分の住まいに到着するまでに必ず斬る機会が訪れるとは限らない。金を奪うような意図がなく相手がどんな身形の者でも構わないなら、最初から人目につかない場所で待ち伏せしていたほうが目的を果たしやすいだろう。

「そいつは……」

来合が何か言いかけてから口を噤んだ。頭の中でおおよそ理解できていることであっても、そういう探索の参考になる指摘なら歩いてくる途中であらかじめ自分にしておいてほしかった、と言いたいのだろう。

裄沢は来合をチラリと見てから、皆に顔を向け直す。

「今口にしたのは、無論のことまず轟次郎にとって参考になりそうな話ですが、轟次郎だけが気に留めておけばよいかというと、そうではないかもしれないと思ったがため、こうして朝からお邪魔しています」

「来合だけじゃねえってのは、来合とそれに関わる臨時廻りだけでもねえってことだよな」

室町がおもむろに確かめてきたのには、黙って頷いてみせた。

「先を聞こうかい」

促しに、もう一つ頷いて話を続けた。

「先ほど俺が言ったように、辻斬りは人目につかぬところで待ち伏せを行い、そこに運悪くたった独りで通りかかった者に対し凶行に及んだとするなら、次の凶行に及ぶまでにおよそ半月ずつ間を空けた上に、深川から永代橋を渡る手前、本所のほうへ向かう手前、新大橋を渡る手前と、場所も大きく変えていることになります。ずいぶんと用心深い男だと言えるのではないでしょうか」

「……確かに、捕まらねえように大分気ぃ使ってることになりそうだな」

「すると、次はどこでやるつもりか——これまでは深川の西側から北側で罪を重ねてきていますが、南へ行くとすぐに海に到達するどん詰まりで、万一のときに逃げ道が限られることになり、東だと江戸を抜けて田畑ばかりが広がるほうになりますが、大横川を越えてさらに逃げねばならなくなったときには、道を定めるのに苦労することになりかねません」

「あんまり東へ行っちまうと、そっちに住まいがなきゃあ土地鑑なんかの問題があるか。人目につかねえ脇道に入って上手く逃げおおせたつもりだったのが、行き止まりで戻らざるを得なくなったり、道に迷ってるうちに不意に人目につくとこに出ちまったりとかもありそうだしな――あるいはそっちに家があって、疑われねえようにそっちでの凶行は控えてたのかもしれねえけど。

いずれにせよ慎重な野郎だと、深川の南と東はあんまり選びそうにねえか」

「はい。そういうことを考えると、これまでの三件とはまた違った道筋で網を張ることがないとは言えませんが、全く違うことを考えるかもしれないと思えてくるのです」

「全く違うこと？」

裄沢は、ズラリと居並ぶ面々の中で、西田に顔を向ける。日本橋川以北を受け持つ定町廻りの西田は、急に視線を向けられて当惑顔になった。

裄沢は、西田を見たまま言葉を続ける。

「辻斬りからすれば、何も深川にこだわる必要はないではありませんか――まあ、我らが知らぬ事情を抱えているならば別ですが」

「おいらたちが深川で血眼（ちまなこ）んなって駆けずり回ってるのを横目に、全く別の場所で獲物を物色してもおかしかねえと……」

室町が唸り声を上げると、裄沢の視線の先に目をやっていた柊も声を上げる。

「そうした場合、一番の狙いどころは吉原ってワケか」

「おいおい、脅かさねえでくれよ」

受け持ちとする区域の中に吉原が含まれている西田が、裄沢へ抗議の声を上げた。場所を名指しした柊がそれを潰す。

「これまでの三件は、深川ってえ数知れねえほどの遊客が集まる場所を狙って行われてる。まあ、客が多きゃそんだけ狙えそうな獲物も増えるんだから、当然だな。で、野郎が場所を変えるとして、そこと負けねえほどに客が集まるとこはどこだい？

しかも吉原は、大門（おおもん）を潜りゃあ大いに賑わう別天地だけど、一歩外に出ちまうと辺りは田畑ばっかりだ――なにしろ吉原田圃（たんぼ）っつうぐれえだからな。襲うほうにすりゃあ、たとえ騒がれてもそれを聞く者がいねえ、逃げても追っかけてくる者もいねえような中を、独りだけポツンと歩いてる野郎を見っけるのにこれほど好都合な場所はねえんじゃねえか」

　この指摘には、西田も反論すべき言葉が出てこなかった。

　自分の考えが理解されたことに、裄沢はいくぶんか満足そうな顔になった。

「ただ、何度も言いますが確信あっての話をしたわけではありません。そういうことも頭の隅に置いていただければというだけのことですから」

　裄沢はそう念を押したが、言われたほうは皆が黙ったままだ。

　すると何かにハッと気づいた様子の裄沢が、珍しく慌てた様子を見せた。

「これは、朝の忙しいときにずいぶんと長いことお邪魔をしてしまいました。出過ぎたまねをしました。どうかお赦しください。

　言いっ放しでこの場を去るのは申し訳ありませんが、俺もそろそろ自分の仕事に向かわなければなりませんので」

　急に我に返ったという顔になって頭を下げる裄沢へ、室町が言う。

「いや、為になる話を聞かしてもらった。誰も出過ぎたまねなんぞとは思っちゃいねえよ――でも、こっからぁそれこそ、おいらたちが手前でどうにかしなきゃならねえこった。

後はみんなこっちに任せて、自分の仕事に取り掛かってくんな――ありがとよ。ホントに助かったぜ」

もう一度皆に頭を下げて、裄沢は慌ただしくその場から去っていった。それを黙って見送った面々が、互いの顔を見合わせる。

「で、どうするよ」

「あんだけ理路整然と言われたのをまともに受け取らねえようじゃあ、真面目にお役に就いてるたぁ言えねえよな」

筧の言葉を、柊が受けた。

「佐久間さんの二の舞は御免だぜ」

裄沢の助言を真に受けずに大失敗りをやらかしたかつての同輩を思い起こしながら、入来が続ける。

「けど、どこども言い切れねえ岡場所をみんな見張ることなんぞ、できやしねえよな」

告げられた中身はありがたいことでも、実際それに対処するとなるとたいへんだと、筧が本音を漏らした。

「まあ、これまでずっと深川で網ぃ張ってた野郎が、急に赤城下や麦飯なんぞまで出張るってこたぁ、まずねえだろ。とりあえずは市中巡回のついでに、それぞれの持ち場で遊里のあるとこを縄張りにしてる御用聞きどもへ、ひと声ずつ掛けて回りゃあ、そいでいいんじゃねえか」

赤城下は牛込御門外の赤城神社近く、麦飯は赤坂御門外の赤坂田町にある、それぞれの地域でも代表的な岡場所である。深川からは、江戸城を挟んだ反対側に位置する結構遠くの遊里だから、室町の言い分に説得力はあった。

広いお江戸の地にあって、北町奉行所の定町廻りと臨時廻りはそれぞれ六人ずつ。できることには限りがあるのだ。

「南町の川田さんにゃあ、おいらからひと声掛けときますよ」

来合が口にしたのは、そうすれば南町奉行所の廻り方とも一定程度の情報共有はできるであろうという話だ。

室町と来合の言葉に得心顔になった皆の中、室町は「けど――」と言いかけながら、西田へ視線を向ける。

目で問い掛けられた中身を十分理解している西田は溜息をついた。

「裄沢さんが名を挙げた吉原についちゃあ、それだけじゃ済みませんかね」

「なにしろあいつが『かもしれねえだけ』っつった南寺町の女殺しの一件は、ズバリ的中したばっかだしなぁ」

「そうそう毎回当たるはずがねえと、胸ぇ張って言い切れりゃあいいんですけどねぇ」

筧と西田のやり取りに、また室町が口を挟んだ。

「西田さんの持ち場にゃあ吉原以外に上野や下谷、それに池之端の出合い茶屋や柳原の土手なんぞまで加えたら、とっても手が回らねえだろうからなぁ」

上野や下谷は江戸城の北方、御成道と呼ばれる江戸城から上野寛永寺へ将軍が墓参のため通る道筋にあたる場所である。この物語の時代には、同所で「けころ」と呼ばれた下級女郎が盛んだったころをもう過ぎているが、それでもその名残は各所に残っていた。

柳原土手は神田川の河口付近、川の南岸側の土手下の道を指す言葉だ。昼は古着の屋台見世などが出て賑わったが、夜になると夜鷹と呼ばれる最下級の街娼が多くいる場所となっていた。

いずれも、こたびの辻斬りが新たな狩り場としてもおかしくはない場所に思える。

「まあそんな場所ぁ、やっぱり御用聞きどもに目ぇ配らして、西田さんたちゃあ吉原に気ぃつけといたほうがいいだろうな」

室町の言葉に、西田は自分と組むことの多い柊に目を向けた。それを受けて柊が口を開く。

「じゃあ、本日ぁ途中まで西田さんの町廻りにくっついて歩きながら、どう手配りするか打ち合わせしてくか」

手伝ってもらえると聞いてほっとした顔になった西田が頷いた。

それからこの日の朝の打ち合わせはざっとした話だけで軽く終わらせ、待機番の臨時廻りを残して、市中を巡回する者らは北町奉行所を後にしたのだった。

三

吉原と深川という江戸の二大享楽地はなぜ、より多くの集客が望める神田、日本橋といった人口密集地から離れた場所に在ったのか。

深川の場合は、永代寺が重要な寺であるにもかかわらず大川の向こう側という遠隔地に建てられていたため、参拝者を呼び込む目的からお上が風俗的な傾向のある営業についても手心を加えたことから発展した、という経緯があった。江戸の初期のころはまだ国境の向こう側だったこともあり、「多少羽目をはずす商売があろうが目くじらを立てる要もない」という判断がなされたのであろう。

吉原のほうはと言えば、深川とは全く違う経緯を辿っている。もともと吉原は、庄司甚右衛門という男が徳川初代将軍家康に直接願いを上げ、遊郭の営業に関する許可を受けたことから始まっている。後世の者らからすれば、神君家康公が認めた格式高い遊里なのである。

成立当時の吉原遊郭はお城のお膝元、日本橋北の町中に立地していた。しかし、幕初は余裕がないこともあって実利的な政治運営をしていた江戸幕府も、三代家光、四代家綱と代を重ねていくうちに、平和な世の中になって武威を背景にできなくなったという事情も加わり、どうしても教条主義的（儒教的価値観偏重）で格式張ったお堅いほうへと針路を変更せざるを得なくなっていく。

そうすると、お城のすぐ近くに存在する風俗営業の一大拠点がどうにも目障りになってきたのである。江戸の初期には幕閣が評定を行う際に、吉原から遊女を呼んで茶の接待まで行わせていたのに、このころには吉原を取り纏める者らを集めて遠隔地への移転を検討させるまでに、お上の態度は変化していた。

そうして明暦三年（一六五七）の大火災で全焼したのを機に、吉原は幕府から提示のあった、周囲一面田畑しかない江戸の北のはずれへと移転することを決めたのだった。

こうした経緯を経て、新吉原とも呼ばれるこの物語の時代の吉原は、江戸郊外の辺鄙な場に立地しているのであった（新吉原に対し、もともとあった旧地の吉原は元吉原と称される）。

周囲からは袖摺の親分と呼ばれている浅草田町の御用聞き・富松の手下をやっている巳三と民助の二人は、夜の夜中に自分ら以外人っ子一人見当たらない田圃の畦道を歩いていた。とはいえ、振り返ればさほど遠くないところに見える不夜城・吉原でのお楽しみの帰り、というわけではない。

ただ黙々と歩いているだけなのだが、何も好き好んで真夜中にこんなところを彷徨いているわけでもなかった。これでも、親分から命ぜられた仕事の最中なのだ。

昨日まではそんな話はひとっ言もなかったのに、本日市中のお見回りに顔を見せた定町廻りの西田の旦那は、なんと臨時廻りの柊の旦那まで伴ってきなすった。普段のお見回りは西田の旦那だけで、柊の旦那が代わりをなさるのは西田の旦那がお休みの日か他の御用があるときだけだから、突然お二人が一緒に現れたのには親分も驚いていなすったようだ。

しばらく旦那方と親分の三人で話をした後、巳三ら手下の面々を集めて、今宵の張り番をお指図なされたのだ。


「辻斬りですかい？」

手下連中の中でも親分の右腕とされる哥貴が、恐る恐るお尋ねした。

「ああ――つっても、まだはっきりした話じゃねえんだけどよ」

答えてくだすった西田の旦那は、どこか話しづらそうな言いように見えた。

その隣では親分が難しい顔をしている。哥貴はもう一つ問いを重ねてくれた。

「その、はっきりしねえってのは――ここいらで辻斬りがあったなんて話は、申し訳ねえんですが、あっしは初耳でして」

哥貴の言葉に思わず頷いてしまったけど、周りのみんなも思いは同じようだ。

「辻斬りらしい殺しがあったなぁ、深川だ。けど、その野郎がこっちへ河岸を変えるかもしれねえんで、お前さん方にひと汗かいてもらわなきゃならねえことになったんだ」

「……深川から、一足飛びに吉原ですかい」

誰かが思わず漏らした声に親分が怒鳴りつけそうになったのを、柊の旦那が先に答えることで押し留めてくださった。

「詳しい話までお前さん方に伝えることたぁできねえんだが、それなりに思うところがあってのこった。決して無用に走り回らせようって話じゃねえ」

親分の怒っていなさる顔を見て、それ以上何か尋ねようとする者はいなかった。

で、巳三と民助は組になって、こうやって出るか出ないかも判らない辻斬りの用心で、夜中に田圃の中をほっつき歩いているわけだ。

「ああ、畜生」

巳三が悪態をつきながら、己の首筋をパチンと叩いた。反対側の左手に持った提灯が揺れるのにつられて、照らされた足下の影もふらつく。

「なんでこんな、人も獣もろくにいねえようなとこに蚊がいるんだ」

「藪っ蚊じゃねえか？　それとか、吉原から風で流されてきたとかだろ」

苛つく巳三に、民助が応じた。

「俺ばっかり喰われて、なんでお前は無事なんだよ」

今度は提灯を持った左腕をボリボリと掻きながら八つ当たりをしてくる。

「細っこいおいらなんぞより、お前さんのほうが脂が乗ってて、蚊の野郎から見たら美味そうに見えんじゃねえのか」

「ケッ、いっつも目刺し一匹に番茶なんて貧乏飯喰らってやがるから、お前にゃあ蚊すら寄ってこねえってかい」

「蚊は寄ってこねえけど、お前さんたぁ違って女はそうでもねえぜ」

「措きやがれ。お前に寄ってくんなぁ、おっ母さんとその茶飲み友達の梅干婆ぁぐれえなモンだろ」

「女っ気っつったら蚊と野良猫しか寄ってこねえお前さんよりゃあマシだぁな——いずれにせよ隣にお前さんがいるお蔭で、蚊遣り要らずで助かるぜ。しかも、こうやって歩いてる間もだかんなぁ。ありがてえこった」

「なら、お前さんから蚊遣り代ぐれえ奢ってもらっても罰は当たらねえな」

巳三の要求を軽く流して、民助が今やらされてる仕事についての愚痴を零す。

「けど、やってくるかどうかも判らねえ辻斬りの用心をしろって言われてもなぁ」

ただの軽口で本気で奢らせるつもりではなかったから、巳三もこだわらずに新たな話題に乗った。

「それどころか、実際にゃあホントにおんなし辻斬りが立て続けに人殺しをしたって確かめもできてねえって話じゃねえか。もし全部違う野郎がやったことなら、『もう深川は危いから河岸を変えよう』なんて思わねえだろ」

「全くよう」

度を越した用心で駆り出されたのでは堪らないと、二人揃って溜息が出る。

こんな生業を選んだのだから、夜中まで扱き使われんのはまぁ仕方ない。仕事だってんだから我慢する。けど、ホントにいるのかどうかも判らない咎人を探せなんて言われたって、気合いの入るわけがない。

「おまけに、もともとこっちゃあ金杉町の親分の受け持ちじゃねえか」

巳三たちの親分が縄張りとする浅草田町が、山谷堀に沿うように吉原のほうへ南東から延びてきているのに対し、吉原の西には下谷金杉上町、下町が南から北へと延びている。

今巳三たちが歩いているのは「入谷の田圃」と言われる農地で、浅草田町よりは金杉町のほうがずっと近い場所だから、「なんでこんなところまで」という不満が生じるのも当然だ。

「まあ金杉町の親分は、長えこと病に臥せっていなさるそうだから、なかなか町を出た先の手配りまでは手が回らねえんだろうさ」

話を切り出した民助のほうが、今度は宥め役に回った。

巳三たちの親分、袖摺の富松が縄張りとする浅草田町は、言うなれば吉原へ向かうための「表通り」にあたる。当然、「裏通り」側になる下谷金杉町よりも商家の実入りは多いし、となれば商家からの付け届けも富松のほうが金杉町の親分よりもずっと多く入ってくるのだった。

まあその分、町内で起こる窃盗や酔客による騒ぎなども多くはなるのだが。

要するに、それぞれの親分がどれだけの数の子分を抱えられるかという余裕も、抱えねばならない人数にも、差が出るのである。

従って、元よりそれぞれの御用聞きが手を伸ばせる範囲も大きく違っていた。

「それによ、金杉町の親分は長の患いでずいぶんと医者の払いも嵩んでるって言うぜ」

「ああ、そいつぁおいらも聞いたことがあるな。子分の数も、以前より減ってるとかって噂もチラホラ耳に入ってきてるし」

実入りが悪くなれば、抱えている者らへ与える小遣いにも当然影響が出る。最初は、基本的に自活していて多少の小遣い銭を与えられながら噂を拾い集めているような者が切られて離れていくだけだろうが、巳三たち下の者の耳にまで入っているとなると、子飼いの子分どもにも見放され始めているようだ。

実際こたびの夜回りに関し、西田と柊は金杉町の御用聞きには声を掛けず、袖摺の富松とその手下だけを動員していた。

まあ、本格的に稼働する前にまずは様子見で一遍やってみようかという考えだったから、という事情もあるのだが。

そのため、吉原の周囲で辻斬りを警戒し夜回りをするといっても、十分な手配りができているわけではない。きちんと人を置いているのは吉原への主な経路である浅草田町近辺のみであり、巳三らがいる西側の「裏通り」のほうは他に人を配してはおらず、二人に任せっきりになっているのだ。

自分らが任されたほうに力が入れられていないのは当然巳三らにとっても明らかなことで、言われたからやっているものの、二人ともにもう一つ気が乗らないのも仕方がないことだったろう。

それでも、周囲には人っ子一人いる気配はないのに、二人による軽口の叩き合いは囁くような小声で行われている。己らの仕事はきちんとわきまえている二人なのだ。

だからこそ親分の富松は、二人しか差し向けない方面に、巳三らを選んだのであろうが。

二人が周囲への警戒は怠らぬままに無駄話をしながら歩いていると、背中の吉原のほうから風に乗って、拍子木をぶつけたときの乾いた音が響いてきた。

「今なぁ、引け四つかい？」

「え、鳴ったかい？　まぁどっちにしたって、もう刻限は九つ（午前零時）ってことだな」

吉原の夜間営業は四つ（午後十時ごろ）までと決められていて、これより後まで残った客は泊まりが確定し、大門は閉められ火事でも起きなければ以後の出入りはできないことになっていた。

しかし、人口密集地から遠い吉原まで、仕事終わりの男どもが一杯引っ掛けて勢いをつけてからやってくるには、四つでは営業終了があまりに早く、儲けが出ない。そこで吉原では、本来なら四つに鳴らすべき拍子木をギリギリまで遅らせて、九つ直前に四つの拍子木を打ち、続いて正しい刻限の九つの拍子木を打つ、ということをやっていた。

この、ずいぶんと遅らせて打つ拍子木での営業終了の知らせを「引け四つ」と称した。

「皆さんいい思いして帰ってくのに、おいらたちゃあ、こんな田圃の真ん中で歩きづめかい」

「寝床に入れるなぁ、まだまだ先よな」

己らの今の情けない状況に愚痴を言い合ったとき、今度は先ほどよりもはっきりした音が伝わってきた。ごく短いが緊急を知らせる響き――「ぎゃっ」という、人の叫び声である。

足下を不意に鼠が横切ったとか、石を踏んで足を挫いたとかで上がるような声でないことは、二人ともに瞬時に理解している。

「！　どっちだ」

「向こうのほうからだろ」

巳三が己の右手前方へ顔を向けながら答えた。

自分らが通行用の道としてきちんと作られたところをはずれて、わざわざ田圃の畦道を歩いていたのは、手にした灯りを辻斬りに見られて逃げられるのを避けんがためだ。提灯をあえて低い位置で手に持っているのも、そのほうが足下が見やすいからというより、青々と背を伸ばした田圃の稲が灯りを隠してくれるのを期待してのことだった。

その、とりあえずやってみただけの工夫が功を奏したのだ。「はずれ」の土地しか任されなかった自分らが「大当たり」を摑んだこともあって、二人は勢いづいた。

「よしっ」と駆け出しかけた民助の腕を摑んだ巳三が、「待て」と止める。

思いも掛けぬことをされて怒りを浮かべた民助に、真剣な顔の巳三が告げた。

「様子はおいらが見にいく。お前さんは、親分のところへ急ぎ知らせに戻って、応援を連れてきてくれ」

一番のいいところでお預けを喰らいそうになった民助が抗議の声を上げかける。

「どっちかが知らせに戻らなきゃならねえ。なら足の速えお前さんが行って、少しでも早くみんなを呼んでくるのが正しかろう？」

相手の言っていることに理があるのは判る。判るのだが――。

「けどお前、一人で大丈夫か」

不安顔の民助に、巳三は笑ってみせた。

「おいらだって、今の仕事はずいぶんと長えことやってんだ。そうそう簡単にドジ踏んだりはしねえさ――なぁに、いざとなりゃあ遠慮なしにコイツを吹くよ。そしたら、コソコソ辻斬りなんて卑怯なマネをしてる野郎なんざ、慌てて逃げてくしかねえだろうさ」

巳三が首から下げた呼子を胸元から出して見せてくるのへいったん目を落とした後、民助は相手の目へ視線を戻す。

「判った、しっかりやれよ」

「ああ、お前さんもなるたけ早くみんなを呼んできてくれ」

深く頷いた民助は、さっと背を向けるとその場から走り去っていった。

四

出るか出ないかどころか、本当にいるのかどうかも判らない辻斬りへの対処に気分が弛緩していたのは、富松親分に率いられ吉原への「表通り」のほうを警戒していた面々も一緒だった。

しかし、ぞろぞろと歩いているところへ民助が折よく急を報せに駆けつけたことで、事態は一変する。富松は二人ほどの子分を連れて民助に現場へ案内させるとともに、浅草田町の番屋で待機していた西田へも使いを出した。

西田が駆けつけたときにはすでに富松や民助らによって、吉原から下谷金杉町へ向かう道で辻斬りに遭ったと思われる男の死骸が見つけられていた。

「お前さんの子分で、ここに残ったという者は」

西田が直接話を聞こうと相手を探す。

問われた富松は、「それが、見当たりませんで」と難しい顔で答えた。

脇にいた民助が、遠慮がちに口を挟む。

「たぶん、逃げてく辻斬りの野郎を見っけて、こっそり尾けてる途中じゃねえかと」

願望の籠もった言い方に聞こえた。

——だといいがな。

西田は口には出さずに辺りを見回す。何人かの富松の手下がそこいらの地面を見当たっている様子だが、騒ぎになっていないことからこの辺りで倒れているということはなさそうだ。

「親分に知らせに戻ったってえのはお前かい」

西田が民助に目を留めて問う。一人残したのは誤りだったと叱られるのではと恐れた民助は、神妙な顔で「へい」と首を縦に振った。

案に相違して、西田の旦那は淡々と問うてきただけだった。

「お前さんともう一人が、辻斬りに斬られた者の悲鳴らしき声を聞いたってのは、どの辺りだ」

へい、と応じた民助は、吉原のほうからやや右斜めのほうを指さして答える。

「こっから二町ばかり向こうの、田圃の畦道でやす」

「そっからこの辺り――声の上がったほうに何か見えたか」

「いえ、ちょうど月が雲に隠れてましたんで」

西田はチラリと辻斬りに遭った男のほうへ目をやる。そばには、放り捨てられて形を崩した提灯が転がっていた。斬られて落としたときに、燃え上がることなく火が消えたのだろう。

――燃え上がってりゃ炎に照らされて、辻斬り野郎の背格好ぐれえは見えたかもしれねえのに。

上手くいかないもんだと、心の内で舌打ちした。気を取り直して、民助へさらに問う。

「じゃあ、斬った野郎がどっちへ行ったかは判らねえか」

「へえ……ただ、親分へ報せに駆けつけようとこの道まで出たときに後ろを振り返ったんですが、そんときゃ誰も見えませんでしたし、足音も聞こえてきたりゃあしませんでした」

「ここへ残ることにした、お前さんの仲間の姿もかい」

「へえ。雲は薄くなってましたけども、まだ月明かりは薄ぼんやりと射してただけでしたから……」

申し訳なさそうに答えてきたが、無論のこと責めるわけにはいかない。

西田は顔を富松に向け直して新たな指図を出すことにした。

「いずれにせよ、辻斬りがもう門を閉ざした吉原のほうへ足を向けたとは思えねえ――何人か使って、こっから金杉町のほうへ道を辿っていかせねえ。上手くすりゃあ、辻斬りの野郎が何か落としてってるかもしれねえからな」

深川の三件と同じ者の凶行だとすると、これまで何の手掛かりも残していないことから、あまり期待はできない。むしろ見つかるとすれば他のものか、という不安を口にすることはなかった。

夜の闇の中でできることは限られるため、ざっくり調べた後はいったん撤収することにした。

しかし周囲が明るんできても、その場に残ったはずの巳三が皆の前に姿を現すことはなかった。

西田は、北町奉行所での朝の打ち合わせのため、いったん浅草田町の番屋を離れることにした。その間、袖摺の富松親分と手下たちは、辻斬りや姿を消した仲間の巳三の行方を追うとともに、辻斬りの犠牲者の身元を確かめるために動くことになっていた。

「おう、西田さん。てえへんなことになったな」

いったん屋敷へ戻って身形を改めた西田が同心詰所に顔を出すと、朝の挨拶をする前に室町が呼び掛けてきた。雁首揃えている廻り方の皆が、真剣な顔をしてこちらを見ている。

西田はチラリと柊に目をやった。

「事情は柊さんから？」

「ああ、粗方んとこは聞いたよ」

西田とともに吉原での辻斬り警戒の段取りをつけてからその場を離れていた柊は、実際に凶行が行われた後呼び出されていた。ざっと現場を検分してから西田らを残して帰宅した柊は、ろくに寝る間もなく奉行所へ出仕して、皆に昨夜のことを伝えていたのだろう。

「やっぱり裄沢さんの心配が、現実のことになっちまったなぁ」

筧が半ば呆れ、半ば感心したように口にする。ついで入来が疑義を述べた。

「けど、前の一件から半月にゃあ、まだまだ間があるんじゃねえか」

確かにあれから十日も経ってはいない。

西田は悔しげに述懐した。

「そいつぁそうですけど、裄沢さんは、こたびの辻斬りについて『ずいぶんと慎重な野郎に思える』とも言ってました。番たび待ち伏せる場所を大きく変えるような野郎なら、確かに凶行に及ぶ日取りだって大きく変えてきておかしかなかった――おいらの考え足らずで、すっかり油断してました」

吉原へ行くのに、神田や日本橋などの人口密集地から向かう者はたいてい山谷堀から日本堤のほうを通っていくから、その手前にある浅草田町などを通過する通りが表通りになるというのは間違いではない。

しかし、湯島や小川町辺りより西方から向かう者にとっては、上野広小路から金杉町を通ったほうがずっと近道なのだ。結果論だが、手抜かりであったと非難されても仕方のないことであった。

「西田さんだけの責任じゃねえ。臨時廻りとして助言する立場としちゃあ、おいらのほうが罪が重いな」

　柊も己を責める。

「……そいつはお前さん方だけのこっちゃねえ。ここにいる面々は誰もそこまで気を回せなかったんだ。今は後悔を引きずるより、これからどうするかを考えてかなきゃな」

　室町の慰めに、西田と柊は顔を見合わせ、気を引き締めんとする顔で頷いた。

「しっかし、こいで立て続けの辻斬りだってことがほぼ確実になりましたな」

「こたびの調べをひととおり終わらせねえうちは、まだ決めつけるわけにゃあいかねえけどな」

　藤井の断定に、室町が釘を刺す。

　こたびは前の三件とは場所が違うのだから、全く別な者による凶行ということもないとは言い切れない。あるいは、こたび斬られた者はどこかで誰かの恨みを買って殺されたのであって、行きずりに人を斬る辻斬りとは違っているということだってあり得る。

前の三件との類似点を洗い出すと同時に、そうしたいくつもの「ありそうなこと」について、一つひとつ地道に調べて潰していかなければならないのだ。

「で、裄沢さんにゃあどう話す」

「そりゃあ……知らせねえなんて話にゃあならねえけど、さすがに引っ張り回すなぁどうかと思うぜ」

筧の問いに、柊が迷いながらもそう判断する。

次は吉原で起こるかもしれないとわざわざ告げにきてくれたことだけで、十分すぎるほどの親切なのだ。以前はともかく現在は廻り方どころか外役ですらないのだから、これ以上の無理はさせられないものと考えるべきであろう。

「昨夜の件は、おいらから裄沢に話しときますよ」

裄沢とは幼馴染みで、最も親しい来合が請け合った。

これで昨夜の件はひと区切りつけて、とりあえずはそれ以外の連絡事項や留意点の共有に話を変えようと皆が意識を移したとき、同心詰所の入り口に現れた小者が廻り方の面々のほうへ歩み寄ってきた。

「お話し中、申し訳ありません」

なんだと見やれば今朝門番に立っていた者のうちの一人で、誰かを伴っている。

その男に気づいた西田が呼び掛けた。

「お前は、富松んとこの——」

相手は名乗るどころか町方の旦那の言葉を遮って捲し立てた。

「旦那ぁ、巳三の野郎が、殺られやした！」

「！　巳三——辻斬りが出たときに入谷の田圃に残ってたはずの、富松の子分か」

「へい……」

知らせにきた男は、溢れる涙を右の袖でグイと拭った。

気を取り直した男が語ったところによると——。

巳三の亡骸を発見したのは、そこの田圃の所有者である百姓だった。朝早くから草毟りのため出向いてきた百姓は、多少の凸凹はあってもなだらかに広がっているはずの稲の頭が一部分だけ陥没しているように見えることから、己の田圃において無視できぬ広さで大事な作物が倒れてしまっているのに気づいた。

——酔っ払いかそこいらの悪たれ小僧が、捨てられてた板っ切れでも拾ってきて悪さしやがったか。

舌打ちしながら、少しでも早く取り除けて稲を元どおりにせねばと、足早に近づいていった。倒れているだけならまだしも、茎が折れてしまっていたらどうしようもないと、不安が頭を過ぎる。

「え？……」

しかしすぐ作業に取り掛かるつもりだったのが、目の前の光景に茫然と立ち尽くすことになった。

己の田に倒れていたのは古畳や大きな板切れなどではなく、大の男だったのである。

——酔っ払いがこんなとこまで入り込んで、そのまんま寝ちまったのか？

俯せで水に浸っているという現実から目を逸らして、そんなことを考えた。

恐る恐る、足を近づけていく。倒れている男を見つけるまでは大股で足早に進んでいたのに、今の歩みは小さく、そろりとしたものになっていた。

現実逃避していた百姓も、男の顔が完全に水に浸っているのを間近に見れば、さすがに目の前のものが何か理解せざるを得ない。

「ひっ、て、てえへんだ……」

後退るとくるりと身を返して、誰か助けてくれる者はいないかと左右を見回しながら駆け出した。大声を出したいのだが、喉がひりついたように声が出なかった。

入谷の田圃で見つかった亡骸の件は、最も近い町場である下谷金杉町の番屋に届けられ、その地を縄張りとする御用聞きにも知らされた。間が悪いことに、巳三を捜している富松の手下はすでに通り越した後であり、途中で行き会ったりはしなかったのである。

駆けつけた御用聞きの子分ども――親分は病臥中――が死人さんを引き揚げてみれば、酔っ払いが寝込んで溺死したなんぞという間抜けな話ではなく、斬り殺されていることがひと目で判った。

当然大騒ぎとなったが、子分の中に巳三の顔を知っている者がいた。

この刻限だとまだ奉行所が開く前だが、八丁堀の旦那の組屋敷へ直接出向いても旦那に余計な手間を掛けさせるばかりで、ほとんど探索への影響はないということで、金杉町の親分のところからの知らせはまず、巳三の親分である富松のほうへ走ったのだ。

一方の袖摺の富松としても、辻斬りが『出るかもしれない』程度の話から現実のこととなったため、陽が昇ったら御用聞き仲間である金杉町の親分のところへも知らせるべきだと思っていた。心配な巳三のことも、先方には気に留めておいてもらわねばならない。

その使いが金杉町の親分の下へ出ようかというところへ、ちょうど金杉町からの知らせが届いたのだった。

富松は、自ら出向いて新たに見つかった亡骸が巳三のものであることを確認し、その上で北町奉行所へ子分を走らせたのである。

百姓が巳三の亡骸を発見したのは西田が浅草田町を出るより前だったのだが、その知らせが西田の手元に届くまでにときを要したのには、こうした経緯(いきさつ)があった。

五

巳三の亡骸は、まだ下谷金杉町の番屋に置かれたままだった。

お供の小者を連れてやってきた西田と柊は、捲られた筵の下から現れた巳三の青白い顔へ向けて手を合わせる。周囲を取り囲む者の数は決して少なくはなかったが、声一つなく静まり返っていた。

息一つしていない顔に驚いたような表情を浮かべた巳三の顳顬（こめかみ）には、後れ毛がひと筋貼り付いていた。

手を下ろした西田が、顔の辺りだけ捲られた筵に手を掛け取り除ける。

田圃の水に浸ってぐっしょりと濡れた巳三の着物は、右の肋（あばら）の下から左の脇の下へかけてざっくりと切り裂かれていた。ひと振りで体と一緒につけられたと思われる切り傷が、二の腕にもある。

西田は顔を寄せて、着物の切り口とその下に無残に残る体の傷を丹念に調べた。

「どうでえ？」

柊が掛けた言葉に、西田は立ち上がって場所を譲る。入れ替わって西田と同じことをし始めた柊の背中へ、己の考えを述べた。

「おいらにゃあ、逆袈裟（ぎゃくけさ）に斬り上げられているように見えます」

「……みてえだな——死人さんの死相からしても、いきなりバッサリやられたってとこだろう」

「するってえと、抜き打ちですかね。以前の三人が、声もなく斬られたようだってとこにも符合しますし」

「何にせよ、相当腕の立つ野郎のようだな」

二人がやり取りをしていると、見守る者らの後ろから大きな人影が一つ、ヌッと現れた。

「おいらも見せてもらっていいですかね」

朝の市中巡回を室町に代わってもらい、この場に同行した来合だった。

「ああ、お前さんも見てくれ」

柊が来合のために場所を空けた。

来合はしばらく立ったまま亡骸を見下ろし、それから前の二人と同じように切り口を検める。

柊が、その背中に問いを発した。

「どうでえ。お前さんが検分した柾木稲荷の死人さんと、おんなし野郎のつけた傷だと思うかい」

屈めていた上体を起こした来合は、亡骸へ目を落としたまま返答する。

「特段、流派による特徴みたいなものは見当たりませんから、はっきりそうだとは言えませんが、同じ者であってもおかしくはねえかと」

「剣術じゃあ北町随一のお前さんでも、それ以上の見分けはつかねえか」

「そうですね。もう一つ付け加えるとすれば、柾木稲荷での切り口とこの切り口、柊さんがおっしゃったように、いずれもやはり相当に腕の立つ者だと言っていいでしょう」

「……そんだけの腕のある野郎が二人、偶々同じ時期に辻斬りを始めたってなぁ――」

「まあ、なかなか考えづれえこったな」

西田が言わんとしたことを、柊が引き取った。来合はこれについては、考えらしきものは何も口にしなかった。

「それでは、もう一人の死人さんのほうも見せてもらえますか」

立ち上がった来合が二人に向けて言う。

「そっちゃあ、浅草田町の番屋になるな」

「巳三の亡骸はもう引き取ってもようございましょうか」

柊の言葉に、富松がお伺いを立ててきた。

「ああ、とりあえずは巳三も向こうの番屋へ運ぼうか――お前らのほうで、何か障りとかはあるかい？」

柊は金杉町の親分の手下どもにいちおう考えを訊いたが、町方の旦那に逆らう意見を述べる者はいなかった。

「じゃあ、そういうこって。すぐに支度をさせやすから」

富松は柊らにしばしの猶予(ゆうよ)を願うと、巳三の亡骸を運ぶための戸板など、必要な手配を自分の手下どもに命じた。


西田や柊らの一行が到着して、浅草田町の番屋で元から置かれていた死体の隣に、巳三の亡骸も並べられた。

ここでも西田、柊、来合の三人が克明な検分を行ったが、巳三が斬られたのと同様の手口に見えるということで意見が一致した。当然、深川柾木稲荷の一件とも似通(にかよ)った傷だということになる。

「こっちの死人さんの身元は判ったのかい」

「へい、懐の財布に質札(しちふだ)が入っておりやしたので。その持ち主で間違いなけりゃ、神田三河町(みかわちょう)四丁目の裏長屋住まいの者のようです。子分を向かわせて家主（大家）を呼んでおりやすので、もうそろそろ着くころかと」

柊の問いに、富松親分が答えた。質札は、質草を質屋に渡すときに、金とともに受け取る預かり証である。

ちなみに当時の質屋は、借りた金に利子を加えて返せば預けた質草を返してくれる庶民の金融機関であると同時に、春になれば火鉢や厚手の掻巻（掛布団代わりの寝具）などの邪魔な冬物を預け、秋深まれば蚊帳や夏物衣料など当分使わない物を預けて代わりに冬物を受け出すような、狭い長屋暮らしをする庶民にとって身近な貸倉庫代わり、という側面もあった。

加えて、預けておけば江戸で頻繁に起こる火事の際も、自宅に置いたままよりは質屋の蔵の中のほうが焼失せずに済む可能性が高いし、自分らが身一つで焼け出されたときに質草だけでも無事であれば、生活の再建もいくぶんかは容易になるという、もう一つの利点もあった。

神田三河町は武家地である小川町のすぐ東隣。吉原通いの行きにどのような経路を採ったのかはともかく、真夜中になった帰りは下谷金杉町から上野広小路を通って筋違御門のところで神田川を渡る、一番の近道を使おうとしたのであろう。

なお江戸城の内濠、外濠（及び神田川）にある御門は原則として夜間閉ざされることになっているが、往来が絶えない筋違御門については、非常の際でない限りずっと開け放たれたままだった。

「そっちの筋を当たるのも、怠りなくやっとけよ」

柊が念を押したのは、万が一にもこたびの死人が私事の恨みで斬り殺されたのであって、深川の三件の辻斬りとは無関係だったなどということが、後から判るような不手際は避けよということだ。そんなことになれば、探索が誤ったほうへ誘導されて余計なときを費してしまいかねないのだから。

「三河町のほうにゃあ、おいらから話を通しておく」

西田の言葉は、三河町一帯を縄張りとする御用聞きにこたびの探索の件を伝えて、余計な諍いを起こすことなくすんなり富松に協力させるようにする、という意向を伝えたものだ。

富松は柊の指図にしっかりと頷き、西田に感謝を述べた。

富松にとってもこたびの一件はただの探索では済まない。己の子分の仇討ちなのだ。いずれの死の探索もお上のお勤めに変わりはないとはいえ、やはり意気込みは違ってくる。

「巳三の亡骸が見つかった田圃は、こっちの死人さんが死んでたとこより四、五町ばかし西のほうだって話だった。するってえとやっぱり、巳三は民助を親分のとこへ送り出してすぐに道へ出てこの死人さんを見つけ、ついでに逃げてく辻斬りの後ろ姿も見ちまったか、こっちだろうと見当をつけて追っかけた。ところが相手に気づかれちまい、待ち受けられてバッサリ——っていうような流れですかね」

「今んとかぁ、そんなふうだと思えるな。けど、全ては巳三が斬られたとことか、捨てられてたとこを見てからだ。あんまり決めつけて掛かると、実は違うところに本筋があったってことに気づかねえ、なんて下手を打ちかねねえからよ。来合さん、お前さんもそっちまで付き合うかい？」

「はい。野郎が人を斬ったところは全部見ておきてえんで」

そんなやり取りをしているところに、死体となった男の長屋の家主が、富松の子分に伴われて駆けつけてきた。

この家主によって、死人さんが間違いなく質札の持ち主本人であることが確認された。

西田ら三人の廻り方や富松は、富松の子分たちに後を任せて、巳三の最期の地へと向かうことにした。

この日、陽が昇って以降何度か行き来をした浅草田町から下谷金杉町までの往来は、牢屋敷の囚人が病になったときに送られる浅草の溜の脇を抜けて、金杉町の南隣にある下谷坂本町(最初に殺された書画骨董屋がある八丁堀の坂本町とは別の町)へ出る道を使っていた。

ために、実際に巳三の亡骸が発見された場に西田が立つのは、こたびの一件では初めてのこととなる。西田らの一行は、吉原の見返り柳を通り越して、直接金杉町へ向かう道を採ったのだ。

途中には、最初に知らせを受けた死人さんを検分した場所も通ったが、そこは足を止めることもなく通り過ぎた。

そこからさほど経たないうちに、雑木が茂る小さな林が見えてくる。林は、道の右手に広がっているようだった。

そしてその周囲には、数人の人影があった。

「金杉町の子分たちみてえですね」

富松が、そう見極めた。

向こうもこちらを視認したようだ。中の一人が小走りに近づいてきた。

目の前まで到達する前に声を掛けてくる。

「ご苦労様にごぜえやす」

「巳三の亡骸が捨てられてたのは田圃ン中だと聞いてたが、みんな道の上で何やってたんだ」

目の前までやってきて頭を下げた男に、西田が問うた。

「へえ、巳三さんが見っかったのは、そこから入った先の田圃でやすけど、どうやらすぐ目の前の道で斬られなすったようで——血が流れたような跡を見つけやした」

そうか、と応じた西田とその一行は、少しでも早く検分を始めたいと、知らぬうちに足が速まった。

林の前に残っていた二人の男が、それまでやっていたことを中断して一行を迎える。男らの挨拶に軽く応じ、西田は周囲を見回した。

何かに気づいたか来合が、迎えた男のうちの一人のそばへ寄っていく。来合の目的が自分にはないと見取った男が前を空けた。

来合は道の脇に生えている雑草の前にしゃがみ込み、足下の草をじっと見下ろす。道の脇に生える青々とした草の一部に、よく見ると何かがこびりついて変色していた。

その後ろから、柊や西田が来合の見ている物を覗き込んだ。

来合は、草にこびりついた物を指先で拭い取ると、親指と摺り合わせて感触を確かめ、伸ばして色を見ようとする。どうやらもう固まっていたようで、来合の二本の指の腹は、ぽろぽろと零れた残りの粉で赤黒く染まっていた。

「確かに血のようだな——土の色が暗くてよく判らなかったが、道にも血の跡が残ってる」

柊が来合の指を見て言う。暗い色の土がいくらか湿り気を帯びているようなのは、斬られた巳三の大量の血が染み込んでいるからだろうか。

「よく見ると、こっから重い物を引きずったような跡も続いておりやす」

そばに残って来合らのやることを見ていた男が、後ろから言葉を添えた。

「てこたぁ、ここで斬られたのか」

西田が辺りを見回し、柊は男が口にした、物を引きずった跡らしい痕跡の先を視線で辿る。

「巳三の亡骸が捨てられてた田圃ってえのは？」

「へい、そっから入った先でございやす」

柊の問いに、男は来合が屈み込んだ林の反対側、さほど離れていない場所を指し示した。

林の反対側には田圃の稲が一面に植えられていたが、背の伸びた稲の壁で挟み込まれたように、通り道から枝分かれした畦道が田圃の奥へと伸びている。

「後を尾けた巳三に気づいた辻斬りが、林に隠れて待ち伏せしてやがったか」

「旦那、巳三はそんな迂闊な男じゃやねえやっ」

思わず口に出したのは、巳三を残して知らせに走った民助だった。

そんなやり取りを横目に、来合は民助を叱りつける富松へ目を向けた。

「巳三は三十路ぐれえに見えたけど、手先としちゃあ長えのか」

「へい、今年で二十八になりやした——十四のときからあっしのところへ見習いに来て、今じゃあいっぱしの手先になっておりやしたが」

「餓鬼のころならともかく、今じゃあ、あっしらの中でも相手に知られずに後を尾けるなぁ一番で」

民助がそう付け加える。富松が今度は叱らなかったのは、民助の考えに完全に同意しているということだ。

二人の返答を聞いて、立ち上がった来合が己の考えを述べる。

「昨夜は雲が出てて暗かったそうだけど、今は満月も近え。急に雲が途切れたり薄くなったところに月が差し掛かりゃあ、道はそれなりに明るくなったはずだ。この見通しのいい一本道だと、人を尾けるのに慣れてる巳三は、大きく間を空けて辻斬りらしい男を追ってたろうさ。

でも田圃の中の一本道たぁいえひたすら真っ直ぐというわけじゃなくって、このとおり、林の手前でいくらか屈曲してる。あえて離れて後を追っていたとすりゃあ、ここでいったん相手を見失っててもおかしかねえ。

辻斬りの野郎を見失ったと思った巳三は、それまでより足ぃ速めてここまで来たけど、当然林は目に入ってたはずだ。そっちを気にしながら前のほうに相手の姿がねえかと目ぇ凝らしているとこへ、林たぁ反対側の畦道に隠れてた辻斬りに襲われた――月明かりもほとんどねえ中、ここならよっぽど近づくか、田圃のほうへ目ぇ配ってねえと、稲が伸びているのに遮られて畦道があるたぁ気づかなかったろうからな」

来合の言葉に、皆の視線が道から枝分かれする畦道に集まる。

気を取り直した柊が、富松へ向けて指図をした。

「なら、畦道の入り口んとこと、巳三の亡骸が捨てられてたとこを総浚いしてもらうことんなるな。辻斬りの野郎も、己の悪さを初めて人に見られた末の後始末で焦ってただろうから、何か手掛かりになる物を遺留してるかもしれねえしな」

「ええ、大事な子分の仇です。泥まみれになろうが何だろうが、野郎が遺留してった物があんなら、洗い浚い見つけ出してやりやすぜ」

富松が宣言し、民助たちは無言で頷いて袖まくりをする。

「あっしらも手伝わせていただきやす」

金杉町の手下たちも申し出る。来合は柊と西田を見て誘った。

「おいらたちは、いちおう林のほうを見ときましょうか。さっきの見立てでたぶん間違いねえとは思いますが、万が一ってこともねえたぁ言えませんから」

そうして、総出の捜し物が始まった。

六

裄沢が久しぶりに来合から誘われて、行きつけの蕎麦屋兼一杯飲み屋へ行ったのは、その月も下旬に入ってからだった。誘ってきた来合が難しい顔をしていたため、裄沢は誘いに応じた後は軽口も叩かずに黙って相手に従った。

いつもの二階に上がり、小女が並べた酒食を前に、来合のぐい呑みを満たす。

来合は、礼も言わずひと息に酒を乾(ほ)した。

「どうした。俺を誘ったのは、例の辻斬りの一件か?」

小女が階段を降りる跫音(あしおと)を耳にしながら、裄沢は再度来合のぐい呑みを満たす。

ああ、ともウム、とも聞こえる声で応じた来合は、また酒を一気に空けた。

「俺が同心詰所へ顔を出してすぐに、浅草で似たような殺しがあったと聞いたが、その後は落ち着いてるようだな」

浅草の人斬りがあってからすぐに来合より知らされたことだったが、己の仕事場である御用部屋でも盛んに言い交わされていた。しかし、市中で四件も立て続けに起こった辻斬りに加えて探索にあたる町方の手先も殺されたとなれば、町奉行所内で長いこと持ちきりになっていてもおかしくないはずなのに、噂はピタリとやんで、このところは続報も入ってこなくなっていた。

裄沢の問いに、来合の顔が不快を無理矢理嚙み潰したかのように歪(ゆが)んだ。

「他のことなら他のことでも構わない——で、どうした。何か相談事でもあったか」

それぞれに仕事を抱える身だ。たとえ同じ町方役人でも話せぬことがあるのは裄沢も一緒なのだ。

だから、話題を変えた。しかし来合は、自分からそれを引き戻してきた。

「いや、お前さんを誘ったなぁ、辻斬りの一件に絡んでのことで間違いねえ。まあ、聞いてくれ」

踏ん切りをつけたようにそう前置きした来合は、入谷の田圃でひと晩に二人殺された辻斬りの件について、自身の見聞きしたことの詳細まで語った。

「で、その巳三とかいう手先が殺されてたとこでは何も見つからずに、辻斬り自体も今のとこはパッタリ途絶えてるってことかい」

「……いや。確かにあの後、辻斬りらしい人死には出ちゃあいねえが」

「？」

「辻斬りの野郎も慌てたんだろうな。吉原の一件じゃあ、大事な手掛かりを遺留していきやがった――『竹に雀』の御紋が入った煙草入れよ。巳三の亡骸が捨てられてたすぐ近くで、畦と田圃の境の水草ん中に挟まってた」

「竹に雀――まさか、仙台笹か？」

仙台笹と呼ばれる笹竹に雀が飛ぶ文様は、仙台藩六十二万石伊達家の家紋である。仙台の伊達家は、加賀前田家百万石、薩摩島津家七十七万石に次ぎ、外様として日の本で三番目の大大名だ。

「確かに家紋の、竹に雀だ」

「相手がそこまでの大藩だとなると、問い合わせてもまともな返答はなされないか。特に、主家の家紋入りの煙草入れを賜るような侍は、重職かもしれぬほどの上士だろうからな」

「いや。殺った野郎も、おおよそんとかぁ、判ってる」

無言でその先を促す裄沢に、来合が続ける。

「確かに竹に雀だったけど、正確にゃあ仙台笹じゃねえ。宇和島笹だ」

「伊予宇和島藩……」

伊予国の宇和島藩は仙台藩の別家で、伊達政宗の子・秀宗を祖とする大名家である。仙台藩には及ばないが、こちらも十万石格の大藩であった。

「けどそれなら、仙台藩を相手にするよりは何とかなるんじゃないか。まさか、殿様のお子が市中を出歩いてそんなマネをしたわけじゃあないだろ」

「宇和島藩士なら、まだマシだったんだけどな」

「？」

「宮川乱幢(みやかわらんどう)――見つかった煙草入れの持ち主は、漢学者だった。宇和島の殿様やご重職相手に御前講(ごぜんこう)を一席打(ぶ)って、褒美(ほうび)に賜った物だそうな」

「漢学者――一度だけの講義というなら、宇和島藩に奉公している者ではないのだろう。だったら、それほど難しい相手じゃないのでは。

しかし、よくそんな男が持ち主だと突き止められたな。宇和島藩に問い合わせて、すぐに回答があったのか」

来合は苦い顔で答える。

「当人が、『どっかで落としたらしい』と、ぬけぬけと宇和島藩邸へお詫び方々届け出てやがった――入谷の田圃で凶行に及んだ後で落としたことに気づいた野郎は、万一そっから自分のとこまで辿られたときに、口ぃ拭ってたと思われたほうが怪しまれると考(かんげ)えたんだろうな。届けだけ出しとけば、もし辻斬りとの関わりを訊かれたって知らぬ存ぜぬで通ると高(たか)ぁ括ってたんだろうさ。

実際そうなっちまうのが、どうにもやりきれねえ」

最後に悔しげにひとこと言い添えた。

「人物も調べたし人柄も訊いた――野郎の屋敷じゃあ、下男下女はすぐに辞めちまって誰も居着かねえそうだ。どんだけ学があんのか頭がいいのか知らねえが、人の過ちを決して赦さねえ、冷血漢の酷薄野郎だそうだ。注文を断ることもできねえし、新たな奉公人を紹介しねえわけにもいかねえってんで、出入りの口入れ屋が泣いてるとよ」

「しかし、学者なんだろう。バッサリひと太刀で人を斬り殺せるほどの腕があるのか」

「若えころにはそっちのほうにもずいぶんと入れ込んだそうで、林崎流の免許持ちらしい」

「林崎流――居合か」

戦国期から江戸初期にかけて生きた武芸者・林崎甚助が創始した、神明夢想流とも、神夢想林崎流とも称される剣術流派である。通常より柄の長い刀を用いての抜刀に特徴があった。

確かに居合や抜刀術の名人ならば、油断している相手に何をする暇も与えず一撃で斃すことも容易であろう。

「しかし、前の三件では手掛かり一つ残さなかった腕利きにしては、ずいぶんと抜かったたな」

「田圃の中からぁ、巳三の持ってた呼子も見つかったんだが、こっちゃあずいぶんと離れたとこで投げ捨てられたように落っこちてた。

おそらく辻斬り野郎を尾けてた巳三のヤツは、野郎を見失ったとこでどこに潜んでるか判らねえと考えて、呼子を口に咥えながら林の前まで進んだんだろうな。ところが潜んでるならてっきり林ン中だろうと思ってた野郎が実際にゃあ反対側の稲の陰に隠れてたんで、巳三は不意を衝かれちまった。手練者相手に逃げたり避けたりすることまではできなかったし、途中で別れた民助の耳にも届かなかったけど、巳三は斬られたときにわずかでも呼子を吹いたんじゃねえかな。

だから辻斬りの野郎は、いつ捕り方が駆けつけてくるかもしれねえってんで、これまでになく焦った——おいらにゃあ、そんなふうに思えるな」

「……離れたところで見つかった呼子は、辻斬りが巳三を斬ってから慌てて奪って放り投げたか——巳三は、為す術もなくただ斬られたってわけじゃなくって、きちんとこっちに手掛かりを残してくれたのかな」

「そいつを活かしてやれねえなんて、巳三の墓の前でどの面下げて詫びりゃあいいんだ……」

吐き捨てた来合は、気を取り直して話を続けた。

「で、そいつはともかく、野郎は町奉行所まで煙草入れを受け取りに使いの者を寄越したんだが、その使いに筧さんが『持ち主ゃあどんなお人だ』と尋ねただけで、次の日にゃあ内与力の深元さんが押っ取り刀で駆けつけてきた。『以後は一切触れること罷り成らぬ』って、えらい剣幕でな。こっちが何を言おうとしても、取り付く島もねえ有り様よ」

「ただの学者に、さほどの後ろ楯が?」

「一橋様出入りの学者よ。ご隠居のお気に入りだそうだ」

来合は短く吐き捨てた。

「！　一橋家のご隠居……」

徳川御三卿一橋家。将軍家である徳川宗家に継嗣なきときの控えとして、江戸期の早いうちに尾張、紀伊、水戸の徳川御三家が設けられたが、これを補う役割を八代将軍吉宗の子や孫に担わせたのが、田安、一橋、清水の御三卿である。従って、禄高とは別の家格としては、武家全体の中で徳川宗家、御三家の次に高い存在になる。

さらに「一橋家のご隠居」について言うなら、それだけでは済まない。この物語当時の徳川十一代将軍家斉は、先代家治に男子が夭逝した嫡男しかいなかったため一橋家から宗家を継いだ男であったが、その実父が「ご隠居」治済なのである。

治済はこの物語の前年に隠居したとはいえ、跡を継いだ斉敦はまだ二十一歳。治済は、一橋家中で以前と変わることなく権勢を振るっているというばかりでなく、将軍実父として世の中全体に隠然たる存在感を示し続けているのだ。

その将軍実父のお気に入りで出入りを許されている漢学者が、市中で無辜の民を何人も斬り殺しているなどということを、町奉行所であれ目付衆であれ、表沙汰にすることなどできようはずもない。

十万石の大名家がただ一度だけ論を講じさせた学者に家紋入りの褒美――というか、実態としては謝礼または音物であろうが――を渡したのは、漢学者本人というよりその背後にいる人物に媚びたからに相違ない。

そんな男から質朴を装った問い合わせがあれば、震え上がって一切合財蓋をしてしまおうという話になるのも当然だった。

「そんなことで、咎人が見逃されてしまうのか……」

「おいらたちにとっちゃあ、雲の上の世界の話だ。旗本寄合席の用人による無礼討ちたぁ、わけが違わぁ」

唇を嚙んだ裄沢に、来合は放り出すように言った。

旗本寄合席の用人による無礼討ちとは、前年に深川で起こった、無礼討ちに見せかけた人殺しのことだ。当時吟味方にいた与力からの横槍もあって、この一件は偽装された無礼討ちをそのまま追認し、斬った者の責を問わない形で落着させる寸前までいった。

それをひっくり返したのが裄沢と来合だった。二人は斬られた男の家族による仇討ちを為し遂げさせたばかりでなく、これを正当な行為と奉行所に認めさせたのである。

しかし、こたびばかりは勝手が違う。旗本寄合席程度ならばやりようによってはどうにかできても、下手に手を出すと将軍実父のご機嫌を損ねかねない人物が相手なのだ。

たとえ刃向かったとしても、味方になって大っぴらに動いてくれる者はおろか、秘かに手助けしてくれる者も、上の意向に逆らおうとする行為を単に見なかったことにしてくれる者すらも、現れるのを期待することはできない。一つ間違えば自分らの首が飛ぶだけでは済まず、お奉行以下わずかでも関わった者全員の罷免すらあり得るのだから。

「手も足も出ないか」

宙を見上げた裄沢が呟く。

「さすがにお前さんでも、どうしようもねえよな」

すっかり諦めた口調で来合が言った。自分でも判っていたことだった。いかに裄沢でも、手も足も出ないことだってある。

十年前の、いったんは破談になった美也とのことだってそうだった。自分が何もできないからといって、いつもこの男に頼ろうという考え自体が間違いなのだ。

「しっかし、これ以上望みようもねえほどのお偉方に贔屓されてながら、偉い学者先生ともあろう者が、なんであんなつまらねえマネに走るんだろうなぁ」

裄沢にこれ以上余計な気を遣わせないため——というより、暗くなった己の気分を変えるために持ち出した話だった。

「なんでだろうなぁ。昔っから、そういうどうしようもない奴はいるよなぁ」

裄沢も、静かに嘆じる。

戦国乱世の殺伐とした情動が色濃く残っていた幕初には、斬り盗り強盗に類する事件が頻繁に起こっていた。江戸の武家地の辻番所は、これに対処するため設置が定められたものであった。

　こうした犯罪を起こすのは浪人や無頼の徒が多かったにせよ、歴とした主持ちの侍であっても、何ら己とは関わり合いのない人を斬ることに全く躊躇することなく、罪悪感も持たない者がごく当たり前に存在していた。

　当時の人々は、何らかの願掛けをしてその成就のために千人斬りを目指す——当然、毎日のように辻斬りを繰り返すことになる——といった考え方にもさほど違和感を覚えなかったようだ。

　たとえば江戸中期に刊行された浄瑠璃本『公平千人きり』では、いったんは見逃さざるを得なかった旧敵を討ち果たすべく、坂田金時（童話『金太郎』の主人公）の子である公平（金平）が、この旧敵に出会うまで千人を斬る宿願を立てる。その千人目で仇敵と出会い見事に討ち果たすと、人々はこれに感心し賞賛するという筋立てで終わっている。

　辻斬り自体がそうだが、その中でもことに残虐性の高い千人斬りは、江戸初期までの出来事では終わらない。森鷗外の伝記小説『渋江抽斎』に登場する比良野貞彦という実在した人物は、弘前藩江戸藩邸の教授に任ぜられたほどの教養人でありながら、若いころには千人斬りを志し、本所割下水から大川端の近辺で辻斬りを繰り返していたとされる。

比良野は孫を得る歳まで生きた上で寛政十年（一七九八）に死亡したと言うから、この物語の裄沢らと生きた時代が重なる人物なのである。

かように当時の辻斬りの受け止められ方は、遠い昔の御伽噺ではなく身近な出来事であり、現代人の精神構造とは違って、武家の間では、昔の所業であればさほど周囲から忌避されることもない逸話として扱われる程度のことだったようだ。


「このところ辻斬りはパッタリと途絶えてるそうだけど、その宮川って野郎は、ずっと藩邸に閉じ籠もって大人しくしてるのか」

何かを思いついたように、裄沢が不意に問いを発した。

来合は憎々しげに応じる。

「いや、宛行扶持は与えられてるが一橋家に武家奉公してるわけじゃねえ。住まいは神田竜閑町代地にあって、御用聞きどもに見張られてんのを知ってかどうか、人斬りらしい素振りゃあ少しも見せねえけど、毎日何気ねえ面つきでアッチコッチ出歩いてるぜ」

桁沢は、「そうか」とひと言応じたきり、後は関心がなくなったように目の前の肴などへ話題を転じた。

来合は、その桁沢の様子をじっと見る。

桁沢はそれに気づかぬ様子で自分の皿を綺麗に片づけ、ぐい呑みを乾した。

「なら、そろそろ勘定して出ようか」

桁沢が水を向けたが、来合は腰を上げようとはしなかった。桁沢を見つめたまま口を開く。

「宮川乱幢んとこへ行くなら、案内するぜ」

桁沢も目を逸らすことなく来合へ告げた。

「これがどこまでもお役目の上のことだったら、俺だって何も言わない。けど、お前はもう独り身じゃないんだ。勝手なことをしてともに暮らしてる女がどうなるか、ものを言うのはよく考えてからにしろ」

「……………」

「酒もなくなった。出るぞ」

桁沢は立ち上がると、来合を待たずに小座敷を出て階段を降りていった。

七

宮川乱幢は、日本橋南の呉服町にある行きつけの書肆で、注文していた漢籍を受け取った帰りであった。少しだけ足を延ばしたついでに、昼食も外で摂ってから戻ってきたのだ。

神田竜閑町代地にある乱幢の住まいは、一橋家の伝手があって借りることができたところだ。

「代地」とつかない本来の竜閑町は、内濠と神田堀の分岐点の北側に所在する小さな町だが、竜閑町代地はそこから北東の方角へしばらく進んだ先、神田川にほど近い場所になる。元々の竜閑町はもっとずっと大きな町であったのが、お上の所要で大部分の土地を召し上げられ、代わりの場所を神田川近くに賜ったということだろう。

家の敷地に踏み入ろうとした乱幢は、ふと足を止める。

気配に目をやれば、こちらへやってくる男と目が合った。黄八丈の着流しに黒の巻羽織は、町方役人定番の格好である。

町方役人は、なおも目を逸らすことなくこちらへ向かって歩いてくるところからすると、やはり己に用があるものと思われた。

――そういえば北町奉行所は、漢籍を購(あがな)った書肆からすぐの、呉服橋を渡った先であったか。そこへ知らせが走って、飯を食っている間に先回りしてやってきたのか？

このところ自分の周りに煩わしい目が張り付いているのを感じていた乱幢は、やってくる町方を見据えたまま門の脇に立っていた。

――ようやくその目も離れたかと思えたところなのに。

内心で溜息をつきながら、自分のほうから呼び掛けた。

「身共に何か用か」

見たところ三十過ぎほどの歳で廻り方としては若そうだが、足運びを見ても腰の据わりからも、警戒するほどの腕はないと感ずる。それでも乱幢は油断することなく、落ち着き払って向かってくる男の対応を待った。

「漢学者の宮川乱幢殿にござろうか」

目の前の町方は、へりくだる様子もなく真っ直ぐ名を問うてきた。

――この男、まさか俺が一橋様のお気に入りであると聞いていないはずがなかろうに、気遣い一つ見せはせぬか。

そのとき己の心を過ぎった感情は不快か、それともその剛胆さに対する感心か。ともかく顔にはいっさい出すことなく答える。

「いかにも身共は宮川だが、そなたは」

そこもと、などと敬意は表さずに反問した。

「それがしは、北町奉行所の裄沢という者にござる」

相手も、淡々と応じてきた。

「ほう。して、町方が身共に何の用か」

「そこもとが落とされたという煙草入れについて、少々お訊きしたいことがありまして」

「あれは、拝領品だ。あの品について尋ねたいことあらば、宇和島藩の上屋敷へ参って用人にでも尋ねるがよかろう」

「いえ、それがしが知りたいのは、煙草入れを落とされた経緯についてでござる」

「これは異なことを。どこでどう落としたか己で認知しておったならば、届けなど出さずに直接足を向けておるわ」

「あれは、吉原の近くの田圃に落ちているのを見つかった物でして」

「ほう、さようなところに」

「このごろ、吉原へ行ったことは？」

「これでも、いろいろと招かれることがあってな。さような折に落としたのであったろうか」

「往き帰りに下谷金杉町を通るようなことも？」

「はて。下谷金杉町とは？」

「吉原の西にある町にござる――ご存じないなら言い換えますが、見返り柳から山谷堀のほうを通らずに、西へ向かう道を使ったことは？」

「先ほど申したように、吉原のような場所へ参るのは誰かに招かれたときだ。大門までは駕籠（かご）ゆえ、さような遠回りをした憶えはないな」

吉原の大門では、たとえ大名であっても駕籠のまま中に入ることはできない決まりになっている。それが許されるのは医者のみだ。

今度は、乱幢が裄沢と名乗った町方に訊いた。

「なぜ往き帰りの道を尋ねる？」

「あの煙草入れが見つかったのが、金杉町へ向かうほうの田圃だったので」

「見つかった場所にこだわっているのは？」

「……ちょうどそこに辻斬りが出ましてな」

何と応じるのか興味があったが、この裄沢という町方はズバリと核心に言及してきた。

どこまでも権威に逆らうつもりのようだ。苛立ちを感じながらも、反面その気骨には感心を覚えるところもある。

ともかく、まともに相手にするつもりはない。

「ほう、身共がその辻斬りであると？」

「通ったならば、何か見聞きしておるやもしれぬと思えましたので」

辻斬りだと疑っているのかという問いに、はっきりとした否定をせずに応じてきた。

「知らぬな。そのような道を通った憶えもない。辻斬りかどうかは知らぬが、おおかたどこぞで身共の落とし物を拾った者がそのまま着服し、吉原帰りにでも落としたのではないか」

乱幢が惚(とぼ)けている間、裄沢はじっとその顔を見つめていた。

「煙草入れをなくしたことに気づいたのは、いつのことにござったか」

「届け出る前の日だ。家に帰って、着替えようと財布などの持ち物を出しておったときに、ないのに気づいてな」

宇和島藩邸へ届け出たのは、入谷の田圃で二人斬った次の日だった。万が一を慮り、問い合わせがそちらに行く前にと思ってのことだ。

落とした日について正直に話した理由は、より以前のこととした場合、その後にまだ持っていたのを誰かに見られているかもしれないからだ。誤魔化したとてまさか町方風情に察知されたりはしないだろうが、いちおう用心したのである。

「その日はどちらへ」

「なぜそのようなことを問われねばならぬ」

「拾った者が着服したのでは、ということでしたので。その日どこへ行ったかが判れば、誰が拾ったかを突き止める手掛かりになるかもしれぬかと」

「なるほどな。しかし悪いが、簡単に明かせるものではない。そなたのような者には思い至らぬかもしれぬが、身共の付き合いの中には、やんごとなきお方も含まれる。

そなたのような者に、軽々にはできぬこともあると承知しておくがよい
――もしそれで不満があるなれば、奉行を通じ申し入れてくればよかろう」

「……さようにござるか。しかし、不思議なことにございますな」

こちらが後ろ楯の存在を暗に示したからか、裄沢という町方の口調が急に丁寧になった。だからか、相手の言葉を無視することなく、つい気になったことを問うてしまった。

「不思議？」

「はい。先ほどのお話では、吉原のようなところへの招待を受けた際にも駕籠に乗っていらっしゃるとのこと。その相手は、これも先ほどのお言葉からすると『いろいろな先』ということでしょうし、そんな中には『やんごとなきお方』には含まれぬようなお人もいらっしゃいましょう。

それら全てで駕籠の用意がなされるのに、まさか『やんごとなきお方』のところへの往き帰りで徒歩ということはありますまい。なのに、そんな外出においてどこで煙草入れを落とされるようなことがあったかと、ふと疑問を覚えまして。

あり得るとすれば、駕籠の中に落として忘れたのを、駕籠舁き（かごかき）が見つけたもののそのまま懐に入れたというぐらいですが、まさか『やんごとなきお方』のところの駕籠舁きがそんなことをするはずがありませんし――もしかすると、お相手が差し向けてくださった駕籠ではなく、宮川殿が自ら呼んだ駕籠ですか。

ならば、その駕籠屋がどこか教えてください。そこからの調べは我らでやりますので」

乱幢は、相手の言葉を吟味してから慎重に口を開く。

「無論のこと先方で駕籠をご用意くださったのだが、帰りは寄るところがあったのでご厚意を謝し、そのまま歩いて帰っただけのこと」

「ならば、その寄った先だけでも教えてはもらえませぬか。そこからこのご自宅までの間で落とした物なら、調べる範囲もそれだけ狭められますので」

「……断ろう」

「それは、なぜ」

「帰りに立ち寄ったところが、その前に向かった先と関わりがあるからだ。そなたがそこへ行けば、身共が先に向かった場所について、後からの立ち寄り先はそなたら町方から問われたなら隠し立てできまい。ゆえに、そなたにはいっさい知らせるつもりはない。

もう一つ言うと、身共が落としたのが往きの駕籠の中であっても、それを駕籠舁きが見つけて着服したとも限らぬ。身共が駕籠の中に落とした煙草入れを、駕籠舁きが奉公先の屋敷へ戻ってからも見つけられぬまま、次の仕事で表へ出たときに揺れる駕籠から落ちたということも十分考えられる。なれば、なおさらそなたに余分なことを知られることになるような危険を冒すわけにはいかぬな」

乱軆がそう論破してみせても、裄沢は表情を変えずに「なるほど」と頷いただけだった。

その感情を面に出さない顔を見て、乱軆は苛つきを覚える。

「もうよいか。門前で、ずいぶんとときを取られてしまった。このような話は、これっきりにしてもらいたい」

「こちらの都合で足止めをして申し訳ありませんでしたな。また新たにお尋ねすべきことが生じなければ、これきりにさせてもらおうと存じます」

「……そなた、裄沢とか申したな」

「北町奉行所の裄沢広二郎にござる――では、御免」

再び名乗った町方は、乱軆へ軽く頭を下げるとそのまま背を向け、スタスタと歩き去った。

乱軆はしばらくその場を動かず、遠ざかっていく男の後ろ姿を見送った。

裄沢が宮川乱髄の前に着流し姿で現れたのは、単にそのほうが相手にも町方だと判りやすかろうと思ったからだ。この突撃の結果は、すぐに現れた。

八

「裄沢、ちょっと来い」

翌日の始業早々、執務中の裄沢へ難しい顔で声を掛けてきたのは、内与力の深元だった。やはり内与力である唐家も、同じような表情をして深元の隣に立っている。

現在は二人しかいない内与力が、両方揃って同心一人を呼び出すというのは珍しいことだ。もっとも周囲から見れば、「また裄沢か」というだけだったかもしれないが。

かねて予期していた裄沢は、短く応諾の返事をして席を立った。

内与力二人が裄沢を連れていったのは、御用部屋の奥、祐筆詰所（ゆうひつつめしょ）の先にある小部屋だった。

ここは、少人数で内密の話があるようなときに使われる。裄沢もこの二年ほどの間に何度か呼び入れられたことがあったが、いずれも歓迎できる用件とは言えないものであった。

　本日呼ばれた用事も心浮き立つような話ではないはずだ。ただこたびは、何を言われるのか事前に予測しており、心構えができている分だけマシだと言えようか。

　深元と唐家、二人並んだ前に裄沢は座らされる。

「そなた、宮川乱髄殿のところへ出向いて、相手を煩わせたそうだな」

　深元が、咎める顔つきで口火を切ってきた。

　裄沢は深元から目を逸らすことなく、「はい」とのみ答える。

「なぜそのようなことを。そなた、我らより西田ら廻り方に、宮川殿には近づくなと申し渡したことを知らぬはずがあるまい――そなたが参ったのは、宮川殿に当町奉行所が関心を持った経緯を知っておったからであろう。なれば、我らより廻り方への申し渡しまで当然耳にしていたはず。

　さもなくば、内役であるそなたがわざわざ出張って、御用の筋を装いものを尋ねるなどという領分違いのことに、手を出すはずはないからの」

「深元様が廻り方にさような申し渡しをなされたことは、存じておりました。しかし、それがしにはそのような通達がございませんでしたので。なぜ領分違いとなることに手を出したは、それを本分とするはずの者たちが、なぜか動けぬようになっていたからです」

「何だ、その言い草は。まるで駄々を捏ねる幼子がごときもの言いではないか」

深元は怒りと呆れの入り混じった反応を見せる。唐家がそれに続けた。

「そなたが自ら動いたからには、こたびの一件についてのおおよその事情は、廻り方の面々より聞き取っているはずよな。ならば、なぜに我らが廻り方を止めたのかも十分存じておろう。

そなた、この北町奉行所がどうなってもよいのか。こたびの一件でもしこれ以上ことを荒立てるなれば、派手に動いたそなただけの問題では済まなくなるやもしれぬのだぞ。万一表沙汰になるようなことがあれば、まず間違いなくお奉行様の進退にまで関わってこよう」

「だから、黙って見過ごせと？」

「我らは町方の役人ぞ。お上の頂点に並び立つようなお方に逆らうようなマネができぬことぐらい、そなただとて十分判っていように」

唐家が説得を試みる言葉に、裄沢は肯んずることなく真っ直ぐ見返した。

「並び立つお方ご本人に逆らっておりますでしょうか。誰かの勝手な忖度ではなく、本当にそのお方ご自身のご意向で間違いございませぬのか」

「それを確かめる術などない。そなた、それも判っていよう」

「それすら確かめられぬままに手を引けと――こたび行われた吉原近くでの辻斬りにおいては、町方の手先として働いておる者が咎人の手に掛かっております。これは、町方役人を勤める者にとっては大事な仕事の仲間を害されたに等しいこと。そのまま座視して手を出さずにおけと言われても、簡単に承諾できるものではありません」

「裄沢。実際斬られたは、御用聞きの子分である。町方の与力同心でもなければ、御番所の小者ですらない。

己の周りの者を守ろうという考えは大事じゃが、残念ながら我らには、その全てを守り切るだけの力はない。己の分をわきまえ、得心せよ」

「唐家様がそのようにおっしゃるのは、お二人が内与力でいらっしゃるからでしょうか」

内与力以外の町方の与力同心はその全てが抱え席の幕臣で、形式上、子が跡を継ぐときには町奉行所に新規採用される形を取るのに対し、内与力は幕臣である町奉行の家来から任命されて、そのお役に就くという違いがある。

言い換えれば、内与力以外の町方の与力同心は先祖代々、町方のお役だけしか任じられることはないのに対し、内与力は己の主である町奉行がその職を解かれれば、主とともに町奉行所を去る存在なのだ。

裄沢は、唐家たちがそのような立場であるから、仕事上の縁が先々まで続くものではない御用聞きやその子分たちのことは突き放して見ているのか、と問い掛けたのだ。

「裄沢っ！」

裄沢の度を超した発言を、深元は鋭い叱咤で窘めた。

一方の唐家はわざと挑発してくるような裄沢のもの言いにも激することなく、落ち着いた口調で反論する。

「しかし、実際に斬られてしもうたのは御用聞きの子分、下世話に言う下っ引きではないか。

目明かしや岡っ引きなどと申すは、人々が他人に知られたくない秘かごとを探り出し、あるいは引き合いに掛ける（無理矢理こじつけて、お白洲へ証人や参考人として呼び出す）と脅すなどして金をせびり取らんとする振る舞いからの蔑称、それだけ民から忌み嫌われている者ども。それを自分らと同一視して内与力とは違うと強弁するは、ずいぶんと強引で偏ったものの見方ではないかの」

「御用聞きやその手下の中に、おっしゃるような者も少なからずおることは、それがしも否定は致しませぬ。が、こたび入谷の田圃で辻斬りに斬られて死んだ巳三なる者もその類だと、唐家様はお考えだということにございましょうや。

そして唐家様からご指摘あったような振る舞いが多い御用聞きにございますが、有徳院（八代将軍吉宗の法名）様が『利害を比べれば害のほうが多い』として我ら町方に使うのをやめるようお指図なされた後も、今に至るまで守られてこなかったは、いったいなぜにございましょうか。使いたいときだけいいように使い回して、お上の顔色を覗い都合が悪いとなれば、真面目に勤めている者まで含めて切り捨ててよい存在なのでございましょうや。

唐家様、改めてお尋ね申します――こたびは御用聞きの手下のことにございましたが、もしこれが我ら同心に起こったことであれば扱いは変わっていたと、明言なさることできましょうや」

再び裄沢を窘めようとする深元を抑え、わずかな沈黙の後に唐家は口を開いた。

「明言できるかと問われれば、我らが武士である以上は、それは無理としか言えまいな。主への忠義のために己の命を懸けるのが武士の本道であるからにはの——儂も北町奉行をなさっておられる小田切様の家来であるからには、小田切家に瑕がつくようなことは何としても避けんとする。

のう、裄沢。それが我ら武家奉公する者の道理ではあるまいか」

唐家は裄沢に問い掛けながら、その答えを待たずにさらに言葉を続けた。

「少し言い方を変えようか。

裄沢、もしそなたが何らかの証を摑み、咎人だとそなたが目星をつけた者の罪を暴いたとする。その咎人は、ご定法に従い罰せられるやもしれぬし、どこかで誰かの手心が加えられて十分な罰を与えられずに終わるやもしれぬ。あるいは、全く罪に問われることなく、以前と同じ暮らしに戻るだけとなってもおかしくはない。

しかし、先方がどうなるにせよ、果たしてそれだけで終わるかの？　もしそなたのやろうとしていることが、どこかの誰かの主筋に瑕をつける行為であったとするなら、それを座視したまま見過ごしてもらえるとは限らぬのではないか。その相手が、そなたら与力同心ばかりでなく、旗本の頂点とも言われる座にある町奉行をも左右できる者だとすれば、儂は、何があってもそなたを止めねばならぬ――そなたとて、それくらいは判ってくれよう。

そして儂だけではなく、そなたとその周囲の者のことはどうか。そなた自身がこの一件で職を追われようが、在らぬ罪を着せられることになろうが構わぬと申すなら、それはそれで一つの考えであろう。が、ことはそなた――と、お奉行様の二人だけで済む話であろうか。

さすがに町奉行所そのものをどうこうすることまではできなかろうが、主君に無用の瑕をつけられたと考える相手は、実際に手を下したそなたと、それを看過したお奉行様に処断を下すだけでなく、わずかでもこの一件に関わり合った者は皆、処断の対象とするやもしれぬ。

そなた、それを踏まえてもなお、己の望む途を進まんとするか？」

無言の裄沢へ、唐家はさらに言葉を紡ぐ。

「さほどのことまではできぬと思うか？　いいや、もしその者の主と仰ぐお方がわずかでもそなたの振る舞いに不快を示されたなら、それはその者にとって『何をしてもよい』とのお墨付きを得たのと同じだと解されることやもしれぬ。そしてその者の主は、それを是としても誰からも咎められぬほどの地位にある――儂の言うことに、間違いはあるかの？」

「……」

「あるいは、さすがにそこまでのことはするまいと高を括っておるか？――権力の高みにある者を甘く見るでないぞ。確かに、そこまでせずともそなたは十分痛い目を見ることになると相手は考えるやもしれぬ。しかし、それだけで相手が満足すると考えるのは早とちりぞ。

そういう連中は、何かあった際には過剰なほどの報復をすることこそ、己が主と多少なりとも関わりのある者への警告になると考えるのだ。また実際そうであるからこそ、関わりのできた者は気を配りすぎるほどに気を配って、自身やその周辺にいささかなりとも危害が及ばぬよう慎重な行動を心掛けるようになる――今の儂が、まさにこの場でしているようにの。

祐沢。儂がこうやって今そなたに示した考えは、そなたには取るに足りぬ浅はかなものか？　まさかそのようなことになるはずもないと、笑って聞き流せるようなものか？

そう思うなれば、儂は今この場でそなたを北町奉行所から放逐せねばならぬ。

第一は、お奉行様のため。ひいては、北町奉行所の我が同輩や我が下僚である、与力同心皆のためにの」

いつも穏やかな表情を崩すことのない唐家が、炯々とした光を湛える目を裄沢へ向けて言い放った。腰の曲がりかけた老体の背をしゃんと伸ばし、一歩も退かぬという気構えを示してのことである。

その在りようは、十分な威風を感じさせるものであった。

「唐家様のお話、十分心に沁みましてござりまする。我が考えが果たしていかほど正しいのか、立ち戻りましてよく考えとうござります」

「裄沢──」

何か言いかけた深元のほうへ視線を移し、裄沢は言葉を続ける。

「ただ、我らから不用意に突っ掛かるようなことはしないとだけは、この場でお約束致しましょう」

「裄沢？」

まだ何かやらかすつもりかとの疑念を込めて、深元がもう一度名を呼ぶ。

「今のところは、最前まで我らの手の者の目が貼り付いていたためか大人しくしておりますが、この先、我らの目の前で同様のことを行おうとする振る舞いあれば、たとえお奉行様よりどのようなご下命あったとしても座視は致しかねます

——このことのみは、ご承知置きいただきたく」

「……」

さすがにそれを放置せよとは口にできない唐家と深元は押し黙る。

「では、ご用件がそれだけということであれば、それがしは失礼させていただきます」

裄沢は深く一礼すると立ち上がり、小部屋から出ていく。

内与力の二人は、その姿を口を閉ざしたままじっと見ていた。

己の執務場所である御用部屋に戻った裄沢は、その後の仕事を淡々とこなした。

内与力に呼ばれて何を言われたのか周囲の者は気にしたが、叱られたのか、それとも何か別な用事を申し付けられたのか、少しも悟らせぬほどに裄沢は全く表情を変えることがなかった。

ただ、いつも以上に周囲から声を掛けられるのを拒絶しているような気配が感じられ、同僚の中では比較的話すことの多い水城(みずき)ですら話し掛けることができないままに一日が終わった。

その日の仕事終わりに組屋敷へ帰ろうと表門へ向かうと、こちらを睨みつけるように腕組みをした大男が裄沢を待ち構えていた。

「なんだ、まるで閻魔宮の門番している鬼みたいな面して」

「この顔は生まれつきだ。放っとけ」

悪態をつかれた来合は、いつものように言い返すことなく、歩き出した裄沢の隣に並ぶ。

「一人で帰るのが寂しくて、俺を待ってたってか」

「ああよ。そのまんま独りで帰してやると、途中で迷子になんじゃねえかと心配でな」

「なんにせよ、お前さんよりはしっかりしてるつもりだけどな」

「当人はどんなつもりでも、周りからすると危なっかしくて見てられねえってことだってあるんだ」

裄沢は真っ直ぐ前を見たまま、口調を変えることなく言った。

「……お前はもう独り身じゃないんだから、振る舞いやもの言いはよくよく考えてからにしろって、この間言ってやったばっかりだよな」

「……その連れ合いに怒られてな」

頭を掻く様子に、思わず来合へ目が行く。

来合はまるで言い訳するような口ぶりで語った。

「いや、何にも言っちゃいねえよ。言っちゃいなかったはずなんだが、晩飯の後においらの前でキチッと座り直してよ。『何を迷っておられるのですか』と、こうよ」

「……それで、洗い浚い白状させられたか」

「美也のあんなおっかねえ顔ぁ、初めて見たぜ」

「それで、白状させられてから、何て言われた」

「たったひとくさりだ」

「ひとくさり？」

「ああ、お役目を大事になされませ、ってな」

「………」

「お役目を大事になされませ。その上でのことなら、どうなろうとも私はあなた様について参ります、ってよ」

「……尻を叩かれたか」

「ああ、力一杯ブン殴られるより、ありゃあガツンと効いたな」

恐れているとかいうより、どこか呆けたような表情である。

惚気るのもいい加減にしろと思いながら、裄沢は告げた。

「けど、何にもできやしねえぜ」

「!?」

グン、とこちらを振り向いた来合が、「お前らしくもない」という表情で睨みつけてくる。

裄沢は、それを怖れる様子もなく淡々と語った。

「相手は天下人の父親のお気に入りだぜ。下手なことをすりゃあ、道理がどうだなんて全く関わりなしに、こっちが潰される」

「だからってお前、このまま頬っ被りして済ませるつもりか。それで、お上の仕事を達しようとして死んだ男やその仲間に、顔向けができんのか」

舌鋒鋭く非難してくる来合へ、裄沢は静かに返す。

「唐家様に言われたんだがな、あいつに手を出すと最悪の場合、直接召し捕ろうとした者ばかりでなく、わずかでも関わった者は全て潰されることになるかもしれないそうだ。

とすりゃあ、その中には俺たち町方だけじゃあなくって、死んだ巳三の親分や仲間まで含まれることになるかもしれん――もしそんなことになったとしたら、巳三は浮かばれると思うかい？」

「まさか、いくら何でもそこまでは……」

「ただの報復じゃあなくって、見せしめだとよ」

「？」

「いくら将軍様の父親(てておや)っつったって、周りの皆が心服してるわけじゃない。引きずり下ろすことまではできなくとも、知らんぷりして余所(よそ)のほうを見ながら足を引っ張るぐらいは、やりたい野郎がゴマンといるんだろうさ。

そういう連中に向けて、至上の高みにあるお方にわずかでも逆らったらどうなるか、たっぷり見せつけるにゃあ絶好の人柱(ひとばしら)だってこった」

「そんな……」

来合の顔が悔しげに歪む。

「巳三以外にも、無辜(むこ)の者が四人も死んでるんだ。それを、町方であるおいらたちが、ただ見過ごすしかねえってのか」

「判らない。正直今のところは、何ができるのか、本当に何もできないのか判断がついていない」

裄沢は、己が歩く前方を遠望する。

「けど、このままで終わらせたくはない。それだけは間違いなく俺の本心だ」

来合も同じほうを見据えた。

「自分一人だけでいい格好しようとすんなよ」

「仕方ねえ。お前も混ぜてやるかどうか、考えるだけはしてやろうか」

「必ず呼べよ。じゃねえと、ブン殴るぞ」

「へっ、町方のお役人が、脅しかよ」

「守らなきゃならねえ町人相手じゃねえ。同僚だからいいんだよ」

「はぁ、ずいぶんと勝手な理屈だなぁ」

言い合う二人の姿は夕闇に遠ざかり、消えていった。

九

夕刻、隠居である治済のご機嫌伺いに出向いていた乱暃は、一橋家を辞去したところであった。治済は本日も、これから取り持ちの面々との酒宴であろうが、乱暃はその前に席を立っている。

公方様（将軍家斉）を除けば日の本一の権力者と言って差し支えない治済の歓心を得ることに、乱艟は細心の注意を払ってきた。その努力は実りつつあり、現にこうやって酒席に臨む間際まで、治済は自分をそばに置いている。

酒席に侍ることなくあえてその前に辞去するのは、漢学者という立場上、羽目をはずした場になった際の立ち居振る舞いが難しいからだ。ここで言動を誤って不興を買っても、なお身近に呼んでもらえるほど気心を許してもらっているなどと自惚れてはいなかった。

――慎重に。そして御前では、必要とあらば大胆に。

一橋邸においては常にそれを心掛け、今のところは十分お気に入りの中に入れてもらっているという手応えを感じている。

目下の悩みは、一橋家の用人から先日打診のあったお抱えにしていただける話が、ここ最近は上されなくなり進展が見られなくなってしまったことだ。

――あるいは、こちらから話を持ち出してみるべきか……。

安く見られてしまうという不安がある上、別の理由もあって躊躇っている。市中での辻斬りで下手を打った時期が悪かった。

一橋家の威に伏し、このごろはずいぶんと鎮まったようだが、まだ己の周囲からこちらを探る気配が完全に消え去ってはいないという懸念も残っている。

――ここでお抱えが実現すれば、もうそんな憂慮はいっさい要らなくなろうに。

乱幢は、そんなことを考えながら一橋家の屋敷を出る。一橋御門からではなく、お屋敷の裏門のほうにある神田橋御門からお濠を渡った。

内濠沿いの鎌倉河岸を直進し、神田堀の火除地（防火のための空き地）脇の道に入る。今川橋の一つ先の通りを北上して三島町を過ぎる四つ角で右に曲がれば、後は真っ直ぐ進んだ突き当たりが己の家のある竜閑町代地になる。

乱幢は歩きながら、先ほどまでの考えを進めた。

――己の後を尾けるような町方の気配は感じられなくなったけれど、いまだときおり、いずこからかこちらを見ている目があるような気がするのは、どこか茫漠たる不安を覚えているせいか。

そう思う一方で、慎重過ぎるほどに気を配ることもやむを得ないとの考えが湧く。

乱幢の脳裏には、一人の男の顔が浮かんでいた。

――「また新たにお尋ねすべきことが生じなければ、これきりにさせてもらお

う と存じます」

そう言い残して己の前から去っていった町方役人。

己の前に立った姿を見ても隙だらけで、簡単にどうとでもできるとしか思えなかった有象無象(うぞうむぞう)──であるはずなのに、「最大限警戒すべきである」と、剣士としての己の直感がいまだ大きく警鐘を鳴らし続けている。

──あの程度の者、こちらが不用意な動きさえ見せねば、わずかも手を出すことなどできぬはず。

理性はそう訴えるが、町方など簡単に吹き飛ばせるだけの後ろ楯を匂わせても一歩も退こうとしない態度がずっと引っ掛かっていた。

──「大事な時期にございますぞ。これからは、ますます身を慎みご隠居様のご寵愛(ちょうあい)にお応えしていかねばならぬのですからな」

本日一橋邸で、お抱えの打診にはひと言も触れることなく用人が告げてきた言葉は、曖昧なもの言いながら辻斬りのような軽率な振る舞いは慎めという警告であったろう。

乱艫が己の立身を台無しにしかねないこうした行為に走ったのは、大いなる苦労の末にようやく一橋家に取り入ることができたにもかかわらず、その他大勢の中の一人から抜け出すことがなかなかできずにいた鬱屈を晴らすためだった。

しかしそこには、自身でも自覚せぬ「千人斬りとまではいかなくとも、あるいは百人も斬れば望みが叶うのでは」との願掛けの意図があったかもしれない。

実際、一人目を斬ったすぐ後に、ほんの些細なきっかけからご隠居様の目に留まり、急にお目通りを許される機会が増えていった。本来ならばそこで慎重になるべきだったのに人を斬ることを続けたのは、「やめてしまえばまた元の梲の上がらぬ有り様に立ち戻ってしまうのではないか」との懼れを、心のどこかに抱いていたからだ。

二人目を斬った後に、またすぐご隠居様に呼ばれてお言葉を賜ったことで、三人目を手に掛ける際には躊躇う気持ちが全くなくなっていた。もっとも、辻斬りを行うにあたっては間を空け、待ち伏せする場所も変えるなど十分な注意はしていたつもりであったのだが。

にもかかわらず、どこかに「斬れるのが当たり前」という軽々しい気持ちを持ってしまったことが、四人目で目明かしに後を尾けられるような不首尾をしでかした原因であったろうか。まさか、以前の深川から場所を変えて吉原にしたとたんにこんなことになるとは、全く思ってもいなかった。

尾けてきた目明かしにはすぐに気づくことができて斬り捨て、その場は上手く逃れられた。しかしどこかに焦りがあったのか、宇和島の殿様から拝領したばかりの煙草入れをその場に落としたらしいことに気がついたのは、不覚にも家に戻って安堵の息をついた後になってからのことだった。

――あれが見つかれば、こちらに疑いの目が向くのを避けることはできない。

そう判断したため、先手を打って頂戴した相手である宇和島藩の藩邸へ翌日すぐに届け出たのである。

案の定、落とした煙草入れは目明かしを斬った場所近くで見つかったらしい。いささかも間を置くことなくこちらの近くまで探索の手が伸びてきたようだった。

幸いなことに先手を打った策が図に当たり、直接乱幢のところへ町方が訪ねてくるような事態には至らなかった――あの裄沢という、分をわきまえない男がやってくるまでは。

裄沢というあの同心は、己の前に立つや真正面から吉原での辻斬りについて問い質してきた。名指しこそしなかったけれど、こちらを疑っているという態度を隠そうともしなかった。

であありながら、はっきりとは言質を取らせぬようなもの言いに終始していたのである。

——その巧妙な話術に、乱幢もつけ入る隙を見出すことができなかったのである。

それればかりでなく、後から振り返って愕然としたことに、やり取りの間中なぜか防戦一方という気分にさせられていた。

裄沢は「やんごとなきお方のところへの往き帰りは駕籠を使う」という乱幢の詭弁に対して、指摘の一つもしてはこなかった。煙草入れを落として以降、目明かしの類が尾け回していたからには、乱幢が一橋邸を訪れるときも供すらつけぬ徒（徒歩）であることは十分承知していたはずなのに。

あの男はこちらの言葉をそのままに受け止めた上で、ただ淡々と厳しい追及を重ねてきたのである。もしバッサリ否定されていたなら、反発する勢いに乗じてご隠居様の威を振り翳せたけれど、その機会も得させてはもらえなかったのだ。

乱幢は頑ななまでに自身の気持ちに気づかぬふりをしているのだが、振り返れば、やり取りの間中、ずっとあの男に引きずり回されていた気分であった。

あの後、乱幢が苛立つ気持ちからなかなか抜け出せなかったのは、あるいは「己が罪に問われるとすればあの男によってではないか」という危惧を、心のどこかで抱いてしまったからかもしれない。

一橋様に引き立てられるほどの学者だという矜持によって裄沢に対する怖れを心の隅に押し込めていた乱幢は、表層意識においてはただただ相手への嫌悪感のみしか自覚していなかったのだが。

乱幢が御家人の組屋敷を左手に見て岩本町に差し掛かったとき、前方の釘鉄銅物問屋の見世先から町方装束の男が出てきたのが目に入った。

その横顔には、はっきりと見憶えがある。

乱幢は咄嗟に、己のすぐそばにあった酢醤油問屋の太鼓暖簾（軒先から垂らし下を地面に固定して用いる、日除けと看板を兼ねた暖簾）の陰に身を寄せる。

――あれは先日の裄沢という男……。

裄沢の後から、お供であろう目明かしらしき男も顔を出す。二人は、暖簾の陰に身を隠した自分とは反対側、乱幢の住まいのある竜閑町代地のほうへ歩き出した。

――また身共に何か訊きに来るつもりか。

確かなことでもないのに不快な気分になりながら、距離を空けて二人の後に続く。裄沢と目明かしは、竜閑町代地に行き当たる手前、右手にだけ曲がり角がある丁字路で立ち止まった。

乱幢も、近くの一杯飲み屋らしき見世の路地に半分体を隠して二人を窺う。

するとふた言み言話をした後、目明かしは頭を一つ下げて独りだけ真っ直ぐ竜閑町代地のほうへ歩いていった。チラリとその後ろ姿を見送った裄沢は、丁の字の縦棒に当たる道に入って南へ進んでいく。

——我が家を訪ねようというのではなく、一日の仕事を終えてお供の目明かしを帰したところか。すると裄沢は、これから町奉行所へ戻るところ……。

建物の陰から出てきた乱幢は、いくらか足を速めて裄沢が曲がった角へ向かった。

己の住まいがある目明かしの歩いていった前方ではなく、裄沢が曲がっていった南のほうを見やる。遠ざかっていく町方装束の後ろ姿が見えた。

乱幢は、裄沢の後を追うように足を進め始めた。裄沢は次の丁字路ではわずかに西へ向かったものの、その後は道なりに南へと下っていく。

このとき乱幢は、邪魔な町方をどうにかしようとはっきり決めていたわけではない。

しかし刻限は夕刻、すれ違う人の相貌も定かならぬ黄昏どきである。通りに並ぶ商家もほとんどが見世仕舞いを終えて大戸を下ろしてしまっていた。

おまけに裄沢が今歩んでいる道をそのまま真っ直ぐ進んだとすると、神田堀を渡った先にあるのは小伝馬町の牢屋敷。毎月何人もの罪人が首を落とされる土壇場が置かれているところで、昼でも大の大人が「気味が悪い」と回り道をして近づかないほどの、寂しい場所であった。

ましてやこの刻限ともなれば、人通りはほとんどないであろう。

――もし、機会があったなら。

そんな考えが、乱艟の心のどこかにあったかもしれない。

ともかく乱艟は、じっと裄沢の歩く姿に目を据えてその背中を尾けていった。

すぐ先には神田堀に架かる九道橋、それを越えれば牢屋敷というところで、横丁から引っ越しだか建物の取り壊しだか判らぬ雑多な荷を積んだ大八車が前を横切った。

――なんでこんなに暗くなってから……。

眉を顰めつつも黙ってやり過ごし、はて裄沢はと前方を見れば、どういうわけかその姿が消えている。慌てて小走りになり、九道橋の近くまで足を進めた。

その間も左右に目を走らせ、人の入り込めそうな路地や、裄沢が立ち寄った家などはないかと注意深く確認したが、途中にそのような場所は一つも見当たらなかった。

橋の袂(たもと)に立ち、堀に沿った左右の道を遠くまで見やる。それらしき人影は見当たらない——というか、人の姿そのものがほとんどなかった。それは橋の先、牢屋敷へ向かう道も一緒であった。

——見失ったか。

だったらどうだ、という話ではないはずだ。

しかし乱暴の胸中がなぜか乱れていたのは、心のどこかに絶好の機を逃したのではという悔いがあったからだろう。

「？」

ふと、橋の下の火除地で動くものが視界の隅に映る。

——もしや裄沢では⁉

一瞬の期待は、すぐに落胆に変わった。確かに人であり、二本差でもあったが、裄沢にしてはあまりにも大柄にすぎる。

浪人者らしい男は、向こう向きのままブルリと背を震わせると、帯の下の辺りを何かモソモソやっていた。

――立ち小便か。

浪人者らしき男は、こちらに向き直るとフラフラと、橋の下で傾斜になっている火除地を上ってくる。

――酔っ払いが。

心の内で吐き捨てた乱艟は、静かに素早く己の前後左右を確認した。

――見ている者は、いない。

吉原で失敗りかけた上に一橋家でも釘を刺されて、人を斬るような気はすっかり失せていたはずなのに、なぜ今、急に考えを変える気になったのか。

あるいは不意に裄沢の姿を目にし、その裄沢が独りになった後を追いかけ始めたときには、本人の意識しないままにもうその気になっていたのかもしれない。

絶好の機が忽然と目の前から消え失せて、意気込んだ気持ちを持っていく場がなくなった。坂を上がってきた酔っ払いは、八つ当たりをされるだけの不幸な生贄なのだ。

酔っ払いの浪人は道の上まで出ると、ゆっくり左右を見回した。そのまま、フラフラと揺れながら乱艟のほうにやってくる。酔っ払いの目が、きちんと乱艟の姿を捉えていたかは定かではなかった。

乱艟もそちらへ体を向け、静かに足を踏み出す。

足下に目を落としたまま上体を揺らしながら歩く酔っ払いの大男と、一点に目を据えず周囲の気配を感知しながら静かに足を進める乱艟。

二人はそのまますれ違うように見えたが、間合いが縮まった刹那、乱艟は歩みを止めぬまま流れるように居合の体勢に入った。

と、大男の二本差が不意に前のめりにヨロリと倒れかかる。

乱艟と酔っ払い、二人の姿が夕闇の中で交錯した。

十

実際に居合による抜き打ちと対峙してみると、「こちらが対応できぬほどの迅さがあるように感じられる」と言われる。

重量物である真剣の運用法について物理的に言うならば、鞘から抜き出して水平に斬り回すか逆袈裟に斬り上げる居合の一閃が、重力も速度に加味される上段からの斬り落としより迅いはずがない。なのにどうして、上段からの斬り落としには反応できても、居合の抜き打ちへの反応は難しいのか。

理由の一つは、人が対象物を斬るときの体の動きにある。すでに抜いて構えた状態から相手に「強烈な」一撃を与えようとするならば、斬り落としでも斬り上げでも水平の薙ぎでも、あるいは突きであっても、どうしてもまずは刀身をいったん引いてから相手に向かわせる動作が必要になる。

瞬き一つ分もないほんのわずかな時間だとはいえ、この「予備動作」があることによって、相手はいつ攻撃がやってくるかを実際に自分のほうへ刀身が向かってくる前に察知できるのだ。

ところが居合では、この「後ろに引く」予備動作がない。相手が動き出したときには、刀身がすぐにそのまま自分に向かってくる。

こうして「予備動作」による察知ができないことから、居合への反応が遅れることになるのである。

もう一つの理由は、通常の「抜いて構えた」刀法と居合の間合いの違いにある。

一般的に、刀は両手で保持して運用する。ところが居合は右手一本で抜き打つから、通常の刀法より遠間から一撃が届く。一歩踏み出しながらの抜き打ちであれば、両手保持の一撃より重心が大きく動く分、さらに遠くまで切っ先が届く。

どのようなものであれ、生身で行う闘いは、攻撃の寸前に相手に接近するのが通常の有りようである。刀での斬り合いなら「一足一刀の間合い」と言うように、一歩踏み込めば刀の届く位置が相手と闘う際の基本の距離となる。

踏み込まないと相手に届かないことから、刀の出だしは踏み込みよりもほんのわずかながら後の起動となる。もし自分が踏み込むのに完全に合わせて思い切り刀を振り回せば、相手に切っ先が届く前に振り抜いてしまっている結果になるのだ。

別の言い方をすれば、踏み込みの勢いを乗せた一撃を繰り出すことが、おおよその攻撃の基本となっている。

従って通常は、この踏み込みも、「予備動作」の一つとして相手が攻撃を察知する手立てとなる。

ところが居合は、前述したように通常の刀法より遠間から攻撃が届く。言い換えれば、相手がまだ「一足一刀の間合い」に入ってはいない状態で一方的に攻撃ができる。相手が「一足一刀の間合い」に入る寸前で一撃を放つなら、踏み込みと同時の抜き打ちで相手に刀が届いてしまうのだ。

その意味でも、抜き打ちは「予備動作」による察知が非常に困難な刀法と言えるのである。併せて通常の刀法に慣れた者からすると、感覚的に「まだ間合いには入っていない」はずのところから、自分まで十分届く予期せぬ一撃が襲ってくることも、対峙者の反応を遅らせる大きな要因になっている。

冷静に間合いを量(はか)りながら相手に接近した乱幢は、余裕をもって左手で刀の鯉口(こいぐち)を切った。右手はすでに柄(つか)に伸びている。

――今!

そう思ってまさに抜こうとしたとき、酔っ払い特有の唐突さで相手が体勢を崩し、乱幢のほうへ倒れ掛かってきた。

「チッ」

思わず舌打ちが漏れる。これでは、いったん肩で相手にぶつかって押しやってからでないと、存分な斬撃(ざんげき)は浴びせられないかもしれない。

双方動きながらであったが、乱幢の目は、酔っ払いの左手が腰の刀に伸びるのをはっきりと捉えていた。

――酔っているとはいえ、多少の心得ぐらいはある男か。

感心しつつも、嘲り嗤いが浮かんできた。確かに腰の刀に手をやったが、その手は大刀ではなく脇差のほうへ向かっていたからだ。

――酔っ払いの足萎えのせいでこちらの存念より間合いが狭まってしまったから、万が一にも脇差を振り回されたら面倒だ。構わず斬ってしまうか。

通常、闘うにあたっては、重さなどの理由による制限がかからない範囲なら刀身は長いほうが有利だが、体が触れ合うほどに近づいてしまうと長い刀は振り回すだけの空間的な余裕がなくなり、長さが却って邪魔になってしまうことになる。

そこで乱魔は、とりあえず相手が十分動けなくなるだけの一撃を与え、その後で止めを刺せばよいかと一瞬のうちに判断したのだった。

わずかの逡巡もなく抜き打ちを掛けんと右手で柄をしっかりと握る。

「居合の勝ち負けは鞘の内にあり」と言う。抜き打つ機を完全に捉えてしまった今、もはや酔っ払いは斬り捨てられて地べたに転がったも同然であった。

「!?」

しかしながら、いちいち頭で考えずとも最適な軌跡を描くはずの刀身が、なぜか鞘から抜け出てはこなかった。

——なぜだっ、どうして⁉

乱幢は狼狽し、恐慌に陥る。

その理由が判明する前に、乱幢は鳩尾の辺りに重い衝撃を感じた。

「カハッ」

息とも声ともつかぬものが口から溢れ出る。

うっそりと突っ立った大男に凭れ掛かるように体を預けた乱幢は、そのままズルズルと地に頽れた。

その場に立ったまま乱幢を見下ろす相手の大男の右手には、刀身を血に染めた脇差が握られていた。


居合や抜刀術には、刀身が長い物を選ぶ流派と、逆に短い物を好む流派がある。長ければ、その分だけ遠くまで抜いた刀の切っ先が届くし、短ければ鞘から抜け出るまでの距離が短い分、刀身の長い物より迅く抜き打てるのだ。

それぞれに一長一短があり、そのどちらに重きを置くかで刀の選び方が変わってくる。

乱幢が学んだと思われる神夢想林崎流では、特段流派として刀の長さを定めてはいない（おそらくは当人の体格や能力に準拠すべきとしている）ようだが、その代わりに長柄刀と呼ばれる、一尺から一尺半（約三十から四十五センチ）もある柄の長い刀を用いることを特徴としている。

長い柄の先端、柄頭に近いほうを持って抜き打てば、長い刀と同様に遠くまで切っ先を届けられると同時に、刀身の長さに拠ってはいない分、抜き打ちに余分なときが掛かることはない。

さらに自身の想定よりも相手に詰め寄られてしまった場合でも、鍔元に近い部分を握って抜けば狭い間合いでの対処が容易になるという利点もある。

酔っ払いが突然体勢を崩したことにより、思い掛けず間合いが詰まってしまった乱艟は、流派の教えどおり鍔元に近い部分を握って刀を抜こうとした。この結果通常より長い柄は、乱艟が抜刀のための前傾姿勢を取っていても体の前に不自然なほど突き出ることになった。

酔っ払い——とばかり乱艟が思っていた大男は、自身の脇差に伸ばしていた左手を離し、乱艟が抜き打とうとした刀の柄頭を押さえた。これによって乱艟は、刀を鞘走らせることができなくなったのだ。

その間に、二人の距離は触れ合うほどまで接近していた。

大男が左手で乱艟の刀の柄頭を押さえたとき、もう自身の脇差の鯉口は切られていた。その脇差を、左手の下から交差させた右手で抜いた大男は、体を密着させる流れに乗せて乱艟の水月（すいげつ）（鳩尾）へと突き込んだのである。

刀身の短い脇差だからできたことであり、大男は当初からそのつもりで自身の脇差に左手を置いていたのだった。

「終わったか」

倒れ伏す乱艟を無表情に見下ろす大男の背中から、声が掛かった。

大男――北町奉行所定町廻り同心の来合轟次郎が振り向いた先に立っていたのは、同じ北町奉行所の同心である裄沢と、手下の巳三を乱艟に斬り殺された浅草田町の御用聞き・袖摺の富松の二人であった。

来合は声を掛けてきた裄沢に「ああ」とのみ応じ、懐から抜き出した懐紙（かいし）で丹念に拭いを掛けた脇差を鞘に納めた。

裄沢はその場で周囲を見回したが、わずかな間に起こった騒ぎに気づいた者どころか、いまだ人影の一つも見当たらなかった。

「行くか」

裄沢の誘いに、来合が足を踏み出す。

三人は、その場から足早に立ち去っていった。同心二人に遅れて歩く富松が一度だけチラリと振り返ったが、倒れたままもはやピクリとも動かない乱幢へ一瞬だけ侮蔑の視線を向けた後、すぐに向き直って二人の旦那方の後に続いた。

※

乱幢の日ごろの習慣は、しばらくの間尾け回していた富松の子分らによって、しっかりと調べ尽くされていた。この日乱幢が一橋家へ向かうのも、おそらくは下戸（酒の飲めない体質）であろう乱幢が辞去する刻限も、事前に把握されていたのである。

自分の周りから町方の目は遠ざかったと乱幢に思わせるために、裄沢は富松へ申し付けて、奉行所の意向に逆らってまで秘かに続けた「尾け回し」をやめさせていた。しかし、行く先や歩く道筋が判っているなら、事前にそこへ人を配置しておけば、乱幢が普段と同じ行動をしているかを相手に気づかれずに知ることができる。

この日に乱幢が常のとおり一橋家へ向かうかどうかを知るには、いつもどおり前日に身だしなみを整えるため行きつけの髪結床へ入っていくのを、遠くから見張っていた富松の子分が見届けたならそれで十分だった。

乱暴が一橋邸から帰ってくるのに合わせて裄沢が見世先へ出て自分の姿を目撃させることも、自分らが待機する見世の奉公人に紛れさせた富松の子分に、見世仕舞いで店先を片付ける段取りのやり取りをするふりをしながら合図を出させれば、簡単にできたのである。

神田堀のほうへ向かう裄沢の後を乱暴がしっかり追っているかどうかも、先回りさせた富松の子分が仕事帰りの通行人に扮してすれ違うときに目配せで合図してくれれば、確認は容易であった。

自分が通り過ぎた後で乱暴の目の前を大八車で遮るのも、裄沢が前を通り過ぎたのを合図に大八車を押し出しただけで、苦労なくしてのけられた。

乱暴の視線がはずれたのを機に、戸締まりのされていない空き家に入り込んで隠れ潜めたのは、事前にどこで乱暴の邪魔立てをしてどこに隠れるかを決めて用立てておいたからで、これも思っていたよりあっさりと成功してしまった。

それでも、最後は決着がついてあのようになるとの確信は、裄沢だけでなくこの企てに乗った者は誰も持ち合わせていなかった。

なにより裄沢は、乱暴を自分らの手で処断することを、すでに諦めていたのである。自分自身や直接乱暴をお縄にしようとする者だけならまだしも、わずかでも関わった者全てが報復を受ける恐れがあると言われてしまえば、手の出しようはなかった。

しかし、乱暴のほうから手を出してくるというなら話は別だ。

裄沢がやったことは、その単なる確認だった。

このような結果になったことで、裄沢に手を引かざるを得ないとまで判断させた「危惧」は現実のものとなってしまうかもしれない。だがもしそうであっても、町方としてどうしても容認できない一線はあるのだ。

裄沢が掛けた誘いに乱暴が乗ってくるようなことがあれば――実際乱暴はわずかの躊躇いも見せることなく食いついてきたのだが――今は大人しくしているにせよ、いつの日かまた同じことを繰り返すと見なさなければならない。

自分や周囲の身の安全を図るために、見過ごして放置しておけることではなかった。ことここに至った以上、乱暴を除くことは不可避であったのだ。

こうした行動を取ることについて、裄沢は来合ばかりでなく、一件に関わった西田と柊の二人の廻り方に加えて御用聞きの富松にも隠すところなく存念を明かし、考えを聞いた。もし一人でも逡巡するところを見せたなら、この企ては実行に移すことなく捨て去るつもりであった。

だが、一人として首を横に振る者はいなかった。皆がしっかりと裄沢を見返して、「やろう。やるべきだ」と明確に告げてきた。西田と柊は、乱幢を神田堀まで誘い出す間に必要な段取りを、信用のおける商家に協力させ、都合のいい場所にある空き家を捜し出して使えるようにしておくなど、率先して引き受けてくれさえした。

その結果が、この日の乱幢の死となって表れた。乱幢の死は自業自得であり、このような手立てに訴えざるを得なかったことに忸怩たるものを覚えるにせよ、己らでできるギリギリまでやりきったことについて、後悔することはなかった。

十一

神田堀沿い、九道橋近くの道に横たわる乱幢の死体は、裄沢たちがその場を後にしてからほどなく、通りかかった通行人によって発見された。その一報は、近くの番屋を経由しすぐに北町奉行所へともたらされた。

夕闇深いというより、すでにしっかりと夜の帳が下りた後と言ったほうがよい刻限なのに、なぜかまだ同心詰所に居残っていた西田と柊が、死人の見つかった場所に駆けつけた。

死んでいる男は二本差、腰の刀を抜きかけたまま、水月をひと突きされていた。他に目立った傷は見当たらない。

「こいつは……」

駆けつけた廻り方以外にも、ところの御用聞きやその子分らが駆け回るなど殺気立っている中、死人の顔を提灯の明かりで照らした西田が口にしかけた言葉を呑み込んだ。

「知ってる男かい」

問うた柊へ、西田は即答する。

「ええ。漢学者で宮川乱幢という名の男だと思います」

「ほう。お前さん、学者なんぞに知り合いがいたのかい」

「いえ、半月近く前の吉原の辻斬りで、死人のそばに落ちていた煙草入れがこの男の持ち物でしたんで」

「辻斬りのあった先でか……」

柊はそれ以上のことを口にはしなかったが、何を言おうとしたのかは、お供についてきた小者にも容易に察しがついた。そんな落とし物が見つかった上で、この死人は、刀を抜きかけたところを斬られているのだ。

――また辻斬りを働こうとして、こたびは返り討ちに遭った。

そう言いたいに違いなかろうが、どうやら口にできぬような事情がありそうだ。無論、ただの小者がそんな二人へ差し出口をするわけもない。

廻り方二人の邪魔にならぬよう控えていたところの御用聞きも、耳には入ったはずなのに、ただ口を閉ざしたまま旦那方の様子を見守った。

それから西田ら二人は周囲の検分をし、死人が斬られるところを見た者や争う物音を聞いたような者がいないか御用聞きの子分どもに聞き回らせたが、西田のお供につくことがよくある小者は、こたびの旦那方の仕事のやりようがどこかいつもより雑に見えて仕方がなかった。

――返り討ちに遭った辻斬りの後始末じゃあ、やる気も起きねえで当然か。

そんなふうに独り決めに納得したのである。

小者自身にしても同じ気持ちだったから、死人が誰かを見分けた後の西田と柊のやり取りがどこか芝居じみていたことに、特に関心を向けることもなかった。

　それから二日後の北町奉行所、内座の間。この日も人払いがなされ、中にいるのは奉行の小田切と内与力二人の合わせて三人のみだった。

　前日は三人ともに、大量の仕事の合間に事態が今後どう動くかの予測や情報の収集を行うため、いつもよりさらに忙しない一日を送っている。

「して、神田堀の九道橋そばで見つかった死骸についての探索は、どうなっておる」

　二人並んで席に着いたところでのお奉行の問い掛けに、一瞬顔を見合わせてから深元が答えた。

「知らせを受けてすぐに駆けつけた当町奉行所の廻り方はもとより、一連の辻斬りに関わりあるかもとの疑いから南町のほうも動いておりますが、いずれもはかばかしい成果はいまだ上げられぬままにございます」

「まあ、死んでおったのがあの者とあらば、探索に力が入らぬのもやむを得ぬところがありますかな」

　飄々と付け加えた唐家を、奉行の小田切は軽く睨む。

「そのようなこと、めったに口にするものではないぞ」

「心得ております る。この場だからこそのもの言いでござりますで」

軽く頭を下げながらの詫び言だが、反省した様子はない。

「まあ、そうそう簡単に解明してもらっても困るのではあるがな」

奉行の小田切も、溜息をつきながら本音を吐露した。

こたび斬り殺された宮川乱幢が市中で四件の辻斬りを行ったことも、その宮川を誘い出して返り討ちにしたのが段取りを含めて己の下僚であったことも、いずれの真相も表沙汰になっては困ることなのだから。

もっとも、奉行直属の配下である廻り方や音頭取りとなって指図した別の同心が本当にそんなマネをしたのか、当人たちを呼んで突き詰めるような怖ろしいことをしてはいないから、絶対に確実だとまでは言い切れないのだが。

あえてその蓋をして、知らぬふりをしているのである。

「して、一橋家のご様子はいかがにございましょうや」

深元が恐る恐るお伺いを立てる。

お気に入りでお出入りを許している者が殺されたとなれば、権力者とその取り巻きの動向が気に掛かる。こたび暴挙を実行に移した者らへ以前本気で警告したとおり、お奉行以下多くの者の進退どころか、下手をすれば生き死ににすら関わりかねない状況なのだ。

奉行の小田切は、一つ息を吐いてから答えた。

「今のところは、何のご意向も示されてはおらぬようじゃ」

さようにございますか、と深元はひとまず安堵した表情を浮かべる。

「問い合わせもありませぬので？」

唐家が疑念を浮かべたのへ、小田切は「ないな」と短く答えた。

「無論、こたびの死骸が誰のものかは向こうもご存じでしょうな」

「先の落とし物の問い合わせに、あれだけ即座の反応を示したのだ。こちらからそれとなく知らせてやったにもかかわらず、気づいてもおらぬということはあるまい」

「……なれば、宮川のことは見捨てたと思ってもよろしいのでは？」

北町奉行所と己の主家（小田切家）、両方の浮沈（ふちん）が懸かっている重大事のはずなのに、二人のやり取りに深刻さが感じられない。話の成り行きが読めず、深元が口を挟んだ。

「どういうことにございましょうか。宮川殿に手を出せばただでは済まさぬという圧を掛けてきておきながら、その宮川殿が害されたにもかかわらず、黙って見過ごそうとしておると？」

「もしこちらが捕らえておったなれば、確かにただでは済まされなんだでしょうな」

応じた唐家に、深元は得心していない顔を向ける。なお年齢も小田切家の家臣としての身分も唐家のほうが上だが、内与力としては深元のほうが先達となるため、この場の唐家は丁寧な言い方をしている。

「さすがにお家に出入りしておる者が辻斬りを働いておったなどとなれば、顔に泥を塗られたことになりますからの」

「ですが……」

あれだけの権力者に関わる警告を無視した行為も、十分顔に泥を塗ったことになるのではないか、という疑義である。

「確信がないから、と？」

それで手出しを控えているのかという問いに、唐家は首を振った。

「いや。誰がやったのかはっきりしたところまではともかく、どこの者がやったかぐらいは十分承知しておろうし、見せしめにするなれば、確信などなくても効果が上がればよいと考えるもの」

「ではなぜ？」

今度はお奉行自身が返答する。

「一橋家も、対処に苦慮して持て余しておったのであろうな――自分のところへ出入りさせているというだけでなく、公方様のご尊父であらせられるご隠居の、お側近くまで侍るのを許しておる者が辻斬りを働いていたなど、決して認められることではない。しかしながら、自分たちのほうでもいろいろと探らせてみれば、あの者が実際に何度も無辜の者を斬っているというのは、どうやら確かなことらしい。

単に疑いありということで捕らえられただけなれば、どうとでも事実を捻じ曲げ無かったことにできもしようが、斬ったその場で取り押さえられでもすれば、さすがに誤魔化しようがない。いつの日かそんなことになってしまうのではないかと、先方でも用人あたりは夜も眠れぬほど悩ましい思いをしておったのではないかの。まさかに、自分のところから刺客を出して闇討ちにするというわけにもいくまいからの」

万一そこまでやって発覚などしようものなら、出入りさせている学者が辻斬りをしたどころの騒ぎでは済まなくなる。

「そこまで案じていたのなら、単に宮川殿の出入りを差し止めればよかったのでは」

「もしそうなっても、自分のところに出入りしていた者が辻斬りを行っていたなどという話はやはり外聞を憚ろうよ。

それに何より、自分たちがお勧めした学者が実は辻斬りでしたなどと、誰にせよご隠居に言えはしなかったであろうしな——とここに至っても、いつご隠居から『そういえばこのごろ宮川の姿を見掛けぬが』などと問われたらどう答えようかと、戦々恐々としている者が少なからずいそうじゃな」

そう話した口元には、意地の悪い笑みがわずかに浮かんでいるようにも見える。

「事実が覆い隠されたまま宮川殿が死んだのは、むしろ向こうにとっても具合がよかった……」

「先方の何よりの望みは、自分のところの体面が保たれることであるからの」

「だから、不問に付した——ですが……」

意向に逆らったことへの見せしめは、やってきてもおかしくはないのでは、という疑問だ。

応えは、唐家が口にした。

「もし見せしめをするとなれば、それが見せしめであると周囲に伝わるほどには派手にせねばなりますまい。またそこまでするとなれば、少なからぬ者がその対象とされましょう。なれば、報復を受けた者やそれと関わりある者らから噂が広まる――先方には好ましからざる噂が」

決して「なぜそうなったか」が声高に表明されることはなくとも、見せしめとしての報復である以上、「判る者には判る」ようなやり方が取られることになる。報復の対象者にも、それは十分伝わるだろう。

するとその者らには、当然不満が生じる。自分たちが間違ったことをしていないという思いを持つからには、その不満は必ず外に漏れる。隠しておきたかった秘事が、噂という形で世に広まってしまうのだ。

もしそうされたくないならば、全員の口を塞ぐほどの報復が必要となるが、さすがにそこまで踏み切らないだけの良識は保っていたということだろう。

唐家の説明を奉行が受けた。

「たとえ噂という形であっても自身の醜聞(しゅうぶん)が世に広まるのを避けるか、あるいは自分らに逆らった者をそのままにしておかぬことを重んじるか、先方はその二つを天秤に掛けたということであろう。

宮川が捕まったのではなく死んだことで、このまま黙っておれば醜聞が広まる懼れがなくなったというのが大きかろうな。もしあえて見せしめをなさんとするなら、せっかく闇に消えてくれた失態を、わざわざ自分たちの手で世に広めることになるのだからの。

こたびは幸いにして、先方は冷静でいてくださったということじゃな」

一橋治済は、あまりにも権勢を持ちすぎた田沼意次を追い落とすために一時期松平定信と手を組んだが、個人的な性向からするとずっと田沼のほうに近い人物だった。享楽主義という観点からは、田沼より程度が上とも評せよう。

そんな人物が、漢学者のお堅い話を本心から喜んだとは思えない。

宮川乱髄については、そばに置くお飾りの一つとして目障りでないもの、という程度の意識であったのだろう。

周りが過分に気を回しただけで、居なければ居ないで何の不足もない。実際死んでしまったことでそれが明らかになり、ご隠居の取り巻き連中も振り上げた拳を下ろす必要がなくなった――だからこそ、この程度で済んだと言えるのかもしれなかった。

奉行の小田切は、表情を改める。

「しかしながら、ただ幸運であったから目出度しでは済まぬぞ」

「裄沢らに、何らかの処分をなさいますか」

「あの者は今、どうしておる」

深元の問いに、小田切は反問で応じた。

外との付き合いを深元に任せ、奉行所内の取り纏めを主な仕事にしている唐家が答える。

「家にて謹慎しておりますな――もっとも、表向きは病気と称してはおりますが」

「関わったと思われる他の者は」

「定町廻りの来合も同様に。他の者は、いちおうは勤めに出ております」

「いちおう？」

唐家は溜息をつく。

「定町廻りの西田や臨時廻りの柊も裄沢らに歩調を合わせ身を慎もうとしたところを、どうやら臨時廻りの室町に一喝されたようですな――『お前らまで一緒に家に引っ込んだら騒ぎになる。上としても嫌でも処分しないわけにはいかなくなるぞ。それを、裄沢たちも巻き込む形で自分たちから催促するつもりか』と、いうようなことを申したそうで」

「で、今のところはいちおう収まっておると？」

「これで何らかの処分を下すとなると、『裄沢だけでなく我も』と言うてくる者は、先に挙げた三人だけでは済まなくなるやもしれませんな」

「廻り方の手が足らなくなるか」

「その三人だけで収まったとしても、廻り方は回らなくなりましょうな」

唐家の剽げたような言い回しに、小田切はさすがに苦い顔になった。

——つまりは、どうあっても処罰するなら首謀者一人、あるいは最大でも実行役を含めた二人だけに留めなければならない。

同じことは、内与力の二人も理解している。

「これでは、裄沢を廻り方に引き上げるどころではありませんな」

四谷の盗賊一味捕縛の騒ぎの後にこの場でした話を、深元が持ち出した。

「いっそのこと廻り方にしてしまったほうが、騒ぎにならずに済むとも思えますが」

今までの話の流れとは正反対の考えを口にした唐家を、奉行は睨む。

「やるなと言われたことに反した者を、報奨すると申すか」

「では、どうなさいます」

「養生所見廻りにでもしてしまいますか」

小石川にある養生所は江戸城の北方。外濠をなす神田川を越えた、だいぶ先になる。町奉行所から遠く離れた町方役人の「島流し」先として、石川島の人足寄場掛と並ぶ閑職であった。

「手許に留めておいてもかほどの勝手をなす者を、目の届かぬところになど持っていけるか」

奉行が吐き捨てた。

「ならば、若隠居でも申し付けますかな——確かあの男に子はいなかったはずなので、養子を取らせることになりますが」

唐家の淡々とした言い方が「どうせそんなつもりはないだろう」と聞こえて、小田切は小憎らしさに睨みつけたいのをどうにか抑えた。

実際に腹を立てている相手が唐家でないことは、小田切も自覚している。

宮川なる辻斬りを一橋家から脅されたにもかかわらず放置しなかったこと、そしてその辻斬りを返り討ちにした者を捜し出そうとの意欲に欠ける態度をそれとなく見せることにより、治済公ご本人はともかく、治済公の顔色を覗って多方面に傍若無人(ぼうじゃくぶじん)な振る舞いを見せる取り巻き連中へ町奉行所としての矜持を示し得たことは、町奉行所の長として胸を張りたいほどの勲(いさおし)なのだ。

それを自ら実践することができなかった己の有りように、どうしようもない苛立ちと、虚無を感じているのだった。

――あえてそれをしてのけた男を、処罰する……。

気が進まないばかりでなく、どのような形であれ実行してしまえば、廻り方の面々からの反発は避けられない。

「考えておく」

ぶっきらぼうに告げられたそのひと言を、この集まりの打ち切りだと察した内与力の二人は、「それでは」と頭を下げて腰を上げる。

口をへの字に曲げて考え込んでいる小田切は、もはや二人のほうを見ようともしなかった。

「むしろ手許に置いて、監視を貼り付けるべきか……」

背中から独り言が聞こえてきたような気がした深元が振り返ったが、小田切は向こうを向いて何かを考え込んでいるままだった。

この作品は双葉文庫のために書き下ろされました。

双葉文庫

し-32-40

北の御番所 反骨日録【七】

辻斬り顚末

2023年4月15日　第1刷発行
2024年6月21日　第3刷発行

【著者】
芝村涼也

【発行者】
箕浦克史
【発行所】
株式会社双葉社
〒162-8540 東京都新宿区東五軒町3番28号
［電話］03-5261-4818(営業部)　03-5261-4868(編集部)
www.futabasha.co.jp(双葉社の書籍・コミックが買えます)
【印刷所】
中央精版印刷株式会社
【製本所】
中央精版印刷株式会社

【フォーマット・デザイン】
日下潤一

ISBN978-4-575-67155-1 C0193
Printed in Japan

芝村凉也　北の御番所 反骨日録【一】
春の雪
長編時代小説〈書き下ろし〉
男やもめの屁理屈屋、道理に合わなければ上役にも臆せず物申す用部屋手附同心・裄沢広二郎の奮闘を描く、期待の新シリーズ第一弾。

芝村凉也　北の御番所 反骨日録【二】
雷鳴
長編時代小説〈書き下ろし〉
深川で菓子屋の主が旗本家の用人に無礼討ちにされた。この一件の始末に納得のいかない同心の裄沢は独自に探索を開始する。

芝村凉也　北の御番所 反骨日録【三】
蟬時雨
長編時代小説〈書き下ろし〉
療養を余儀なくされた来合に代わって定町廻りのお役に就いた裄沢広二郎の前に現れた人足姿の男。人目を忍ぶその男は、敵か、味方か⁉

芝村凉也　北の御番所 反骨日録【四】
狐祝言（きつねしゅうげん）
長編時代小説〈書き下ろし〉
盟友の来合轟次郎と美也の祝言を目前に控え、段取りを進める裄沢広二郎。だが、その二人の門出を邪魔しようとする人物が現れ……。

芝村凉也　北の御番所 反骨日録【五】
かどわかし
長編時代小説〈書き下ろし〉
用部屋手附同心、裄沢広二郎を取り込もうと近づいてきた日本橋の大店、鷲巣屋の主。それを撥ねつけた裄沢に鷲巣屋の魔手が伸びる。

芝村凉也　北の御番所 反骨日録【六】
冬の縁談
長編時代小説〈書き下ろし〉
裄沢広二郎の隣家の娘に持ち込まれた縁談の相手は、過去に二度も離縁をしている同心だった。裄沢はその同心の素姓を探り始めるが……。

風野真知雄
わるじい慈剣帖（一）
いまいくぞ
長編時代小説〈書き下ろし〉

あの大人気シリーズが帰ってきた！　目付に復帰したのも束の間、孫の桃子が気になって仕方がない愛坂桃太郎は江戸への帰還を目論むが。

風野真知雄
わるじい慈剣帖（二）
これなあに
長編時代小説〈書き下ろし〉

孫の桃子を追って八丁堀の長屋に越してきた愛坂桃太郎。大家である蕎麦屋の主に妙に気に入られ、次々と難珍事件が持ち込まれる。

風野真知雄
わるじい慈剣帖（三）
こわいぞお
長編時代小説〈書き下ろし〉

川沿いの柳の下に夜な夜な立つ女の幽霊。桃子の夜泣きはこいつのせいか？　愛坂桃太郎は、可愛い孫の安寧のため、調べを開始する。

風野真知雄
わるじい慈剣帖（四）
ばあばです
長編時代小説〈書き下ろし〉

長屋の二階から忽然と消えたエレキテル。没収しようと押しかけた北町奉行所の捕り方たちも目を白黒させるなか、桃太郎の謎解きが光る。

風野真知雄
わるじい慈剣帖（五）
あるいたぞ
長編時代小説〈書き下ろし〉

長屋にあるエレキテルをめぐり対立してきた北町奉行所の与力、森山平内との決着の時が迫る。愛する孫のため、此度もわるじいが東奔西走！

風野真知雄
わるじい慈剣帖（六）
おっとっと
長編時代小説〈書き下ろし〉

日本橋の新人芸者、蟹丸の次兄が何者かによって殺された。悲嘆にくれる娘のため、桃太郎は真相をあきらかにすべく調べをはじめるが。

坂岡真　はぐれ又兵衛例繰控【一】　駆込み女　長編時代小説〈書き下ろし〉

南町の内勤与力、天下無双の影裁き！「はぐれ」と呼ばれる例繰方与力が頼れる相棒と悪党退治に乗りだす。令和最強の新シリーズ開幕！

坂岡真　はぐれ又兵衛例繰控【二】　鯖断ち　長編時代小説〈書き下ろし〉

長元坊に老婆殺しの疑いが掛かった。南町の協力を得られぬなか、窮地の友を救うべく奔走する又兵衛のまえに、大きな壁が立ちはだかる。

坂岡真　はぐれ又兵衛例繰控【三】　目白鮫　長編時代小説〈書き下ろし〉

前夫との再会を機に姿を消した妻静香。捕縛した盗賊の疑惑の牢破り。すべての因縁に決着をつけるべく、又兵衛が決死の闘いに挑む。

坂岡真　はぐれ又兵衛例繰控【四】　密命にあらず　長編時代小説〈書き下ろし〉

非業の死を遂げた父の事件の陰には思わぬ事実が隠されていた。父から受け継いだ宝刀和泉守兼定と矜持を携え、又兵衛が死地におもむく！

坂岡真　はぐれ又兵衛例繰控【五】　死してなお　長編時代小説〈書き下ろし〉

殺された札差の屍骸のそばに遺された、又兵衛の義父、都築主税の銘刀。その陰には、気高く生きる男の、熱きおもいがあった――。

坂岡真　はぐれ又兵衛例繰控【六】　理不尽なり　長編時代小説〈書き下ろし〉

女房を守ろうとして月代侍を殺めてしまった男に下された理不尽な裁き。夫婦の無念のおもいを胸に、又兵衛が復讐に乗りだす――。